m

—————— 阅读之前 没有真相

午夜文库

阿加莎·克里斯蒂
侦探小说

阿加莎·克里斯蒂
Agatha Christie (1890—1976)

无可争议的侦探小说女王，侦探文学史上最伟大的作家之一。

阿加莎·克里斯蒂原名为阿加莎·玛丽·克拉丽莎·米勒，一八九〇年九月十五日生于英国德文郡托基的阿什菲尔德宅邸。她几乎没有接受过正规的教育，但酷爱阅读，尤其痴迷于歇洛克·福尔摩斯的故事。

第一次世界大战期间，阿加莎·克里斯蒂成了一名志愿者。战争结束后，她创作了自己的第一部侦探小说《斯泰尔斯庄园奇案》。几经周折，作品于一九二〇年正式出版，由此开启了克里斯蒂辉煌的创作生涯。一九二六年，《罗杰疑案》由哈珀柯林斯出版公司出版。这部作品一举奠定了阿加莎·克里斯蒂在侦探文学领域不可撼动的地位。之后，她又陆续出版了《东方快车谋杀案》《ABC谋杀案》《尼罗河上的惨案》《无人生还》《阳光下的罪恶》等脍炙人口的作品。时至今日，这些作品依然是世界侦探文学宝库里最宝贵的财富。根据她的小说改编而成的舞台剧《捕鼠器》，已经成为世界上公演场次最多的剧目；而在影视改编方面，《东方快车谋杀案》为英格丽·褒曼斩获奥斯卡大奖,《尼罗河上的惨案》更是成为几代人心目中的经典。

　　阿加莎·克里斯蒂的创作生涯持续了五十余年,总共创作了八十余部侦探小说。她的作品畅销全世界一百多个国家和地区,累计销量已经突破二十亿册。她创造的小胡子侦探波洛和老处女侦探马普尔小姐为读者津津乐道。阿加莎·克里斯蒂是柯南·道尔之后最伟大的侦探小说作家,是侦探文学黄金时代的开创者和集大成者。一九七一年,英国女王授予克里斯蒂爵士称号,以表彰其不朽的贡献。

　　一九七六年一月十二日,阿加莎·克里斯蒂逝世于英国牛津郡沃灵福德家中,被安葬于牛津郡的圣玛丽教堂墓园,享年八十五岁。

阿加莎·克里斯蒂 侦探作品年表

波洛系列

1920	The Mysterious Affair at Styles《斯泰尔斯庄园奇案》
1923	Murder on the Links《高尔夫球场命案》
1924	Poirot Investigates《首相绑架案》
1926	The Murder of Roger Ackroyd《罗杰疑案》
1927	The Big Four《四魔头》
1928	The Mystery of the Blue Train《蓝色列车之谜》
1932	Peril at End House《悬崖山庄奇案》
1933	Lord Edgware Dies《人性记录》
1934	Murder on the Orient Express《东方快车谋杀案》
1935	Three-Act Tragedy《三幕悲剧》
1935	Death in the Clouds《云中命案》
1936	The ABC Murders《ABC谋杀案》
1936	Murder in Mesopotamia《古墓之谜》
1936	Cards on the Table《底牌》
1937	Dumb Witness《沉默的证人》
1937	Death on the Nile《尼罗河上的惨案》
1937	Murder in the Mews《幽巷谋杀案》
1938	Appointment with Death《死亡约会》
1938	Hercule Poirot's Christmas《波洛圣诞探案记》
1940	Sad Cypress《H庄园的午餐》
1940	One, Two, Buckle My Shoe《牙医谋杀案》
1941	Evil Under the Sun《阳光下的罪恶》
1943	Five Little Pigs《五只小猪》
1946	The Hollow《空幻之屋》
1947	The Labours of Hercules《赫尔克里·波洛的丰功伟绩》
1948	Taken at the Flood《顺水推舟》
1952	Mrs. McGinty's Dead《清洁女工之死》
1953	After the Funeral《葬礼之后》
1955	Hickory Dickory Dock《山核桃大街谋杀案》
1956	Dead Man's Folly《弄假成真》
1959	Cat Among the Pigeons《鸽群中的猫》
1960	The Adventure of the Christmas Pudding《雪地上的女尸》

阿加莎·克里斯蒂 侦探作品年表

1963　The Clocks《怪钟疑案》
1966　Third Girl《第三个女郎》
1969　Hallowe'en Party《万圣节前夜的谋杀》
1972　Elephants Can Remember《大象的证词》
1974　Poirot's Early Stories《蒙面女人》
1975　Curtain—Poirot's Last Case《帷幕》

马普尔小姐系列

1930　The Murder at the Vicarage《寓所谜案》
1932　The Thirteen Problems《死亡草》
1942　The Body in the Library《藏书室女尸之谜》
1943　The Moving Finger《魔手》
1950　A Murder Is Announced《谋杀启事》
1952　They Do It with Mirrors《借镜杀人》
1953　A Pocket Full of Rye《黑麦奇案》
1957　4.50 from Paddington《命案目睹记》
1962　The Mirror Crack'd from Side to side《破镜谋杀案》
1964　A Caribbean Mystery《加勒比海之谜》
1965　At Bertram's Hotel《伯特伦旅馆》
1971　Nemesis《复仇女神》
1976　Sleeping Murder《沉睡谋杀案》
1979　Miss Marple's Final Cases《马普尔小姐最后的案件》

其他系列及非系列

1922　The Secret Adversary《暗藏杀机》
1924　The Man in the Brown Suit《褐衣男子》
1925　The Secret of Chimneys《烟囱别墅之谜》
1929　Partners in Crime《犯罪团伙》
1929　The Seven Dials Mystery《七面钟之谜》
1930　The Mysterious Mr. Quin《神秘的奎因先生》
1931　The Sittaford Mystery《斯塔福特疑案》
1933　The Witness for the Prosecution and Other Stories《控方证人》
1934　Why Didn't They Ask Evans?《悬崖上的谋杀》

阿加莎·克里斯蒂 侦探作品年表

1934	The Listerdale Mystery《金色的机遇》
1934	Parker Pyne Investigates《惊险的浪漫》
1939	Murder Is Easy《逆我者亡》
1939	And Then There Were None《无人生还》
1941	N or M?《桑苏西来客》
1944	Towards Zero《零点》
1945	Sparkling Cyanide《闪光的氰化物》
1945	Death Comes as the End《死亡终局》
1949	Crooked House《怪屋》
1950	Three Blind Mice and Other Stories《三只瞎老鼠》
1951	They Came to Baghdad《他们来到巴格达》
1954	Destination Unknown《地狱之旅》
1958	Ordeal by Innocence《奉命谋杀》
1961	The Pale Horse《灰马酒店》
1967	Endless Night《长夜》
1968	By the Pricking of My Thumbs《煦阳岭的疑云》
1970	Passenger to Frankfurt《天涯过客》
1973	Postern of Fate《命运之门》
1991	Problem at Pollensa Bay《神秘的第三者》
1997	While the Light Lasts《灯火阑珊》

出版前言

纵观世界侦探文学一百七十余年的历史，如果说有谁已经超脱了这一类型文学的类型化束缚，恐怕我们只能想起两个名字——一个是虚构的人物歇洛克·福尔摩斯，而另一个便是真实的作家阿加莎·克里斯蒂。

阿加莎·克里斯蒂以她个人独特的魅力创造着侦探文学史上无数的传奇：她的创作生涯长达五十余年，一生撰写了八十余部侦探小说；她开创了侦探小说史上最著名的"黄金时代"；她让阅读从贵族走入家庭，渗透到每个人的生活中；她的作品被翻译成一百多种文字，畅销全球一百五十余个国家，作品销量与《圣经》《莎士比亚戏剧集》同列世界畅销书前三名；她的《罗杰疑案》《无人生还》《东方快车谋杀案》《尼罗河上的惨案》都是侦探小说史上的经典；她是侦探小说女王，因在侦探小说领域的独特贡献而被册封为爵士；她是侦探小说的符号和象征。她本身就是传奇。沏一杯红茶，配一张躺椅，在暖暖的阳光下读阿加莎的小说是一种生活方式，是惬意的享受，也是一种态度。

午夜文库成立之初就试图引进阿加莎的作品，但几次都与版权擦肩而过。随着午夜文库的专业化和影响力日益增强，阿加莎·克里斯蒂的版权继承人和哈珀柯林斯出版公司主动要求将版权独家授予新星出版社，并将阿加莎系列侦探小说并入午夜文库。这是对我们长期以来执着于侦探小说出版的褒奖，是对我们的信任与鼓励，更是一种压力和责任。

新版阿加莎·克里斯蒂作品由专业的侦探小说翻译家以最权威的英文版本为底本，全新翻译，并加入双语作品年表和阿加莎·克里斯蒂家族独家授权的照片、手稿等资料，力求全景展现"侦探女王"的风采与魅力。使读者不仅欣赏到作家的巧妙构思、离奇桥段和睿智语言，而且能体味到浓郁的英伦风情。

阿加莎作品的出版是一项系统工程，规模庞大，我们将努力使之臻于完美。或存在疏漏之处，欢迎方家指正。

新星出版社

午夜文库编辑部

Agatha Christie

Over the next few years, we plan to celebrate two very important Agatha Christie anniversaries. In 2015, it is the 125th anniversary of her birth in Torquay, South Devon, England, and in 2020 it will be 100 years after her first book, THE MYSTERIOUS AFFAIR AT STYLES, featuring her famous detective, Hercule Poirot, was published. This is therefore a very appropriate moment to publish a new edition of her works, and I am delighted that HarperCollins has chosen to work with New Star on these new editions. New Star is China's top crime publisher, and has a strong and dedicated editorial staff and a continued passion for Agatha Christie, making them the ideal partner. It is the right time to make these classic books available in modern translations and so to bring Agatha Christie's books anew to her many fans in China, giving them a new reason to re-read these much-loved stories, as well as introducing them to a whole new audience. How delighted Agatha Christie would have been that her stories (as she called them) are still giving so much pleasure to so many people all over the world!

I think there are two very remarkable things about Agatha Christie's stories. The first is that they are so adaptable. It doesn't really matter which language they appear in, the stories and the plots still give the same thrill, still provide the same puzzles, and the characters still have the same attraction. Readers in China will I am sure enjoy Hercule Poirot and Miss Marple just as much as we do in England, and readers in China will still be transfixed by the surprises and horrors of AND THEN THERE WERE NONE, one of the great classics of 20th century detective fiction, as we are here.

Agatha Christie

The second is that the stories give a wonderful picture of England, particularly rural England, at the time Agatha Christie lived. She wrote books from 1920 until 1970 but it is sometimes hard to tell which part of her life each book was written in. Her characters and the life they lived were very much the same. The life we all live is changing very quickly these days but the Agatha Christie world stays the same. Perhaps the Miss Marple stories provide the best example of this, and in some ways THE BODY IN THE LIBRARY and NEMESIS are quite similar, despite the fact that thirty years elapsed between the time they were written.

Perhaps I might end by mentioning three Agatha Christies (other than the ones mentioned above) which I think demonstrate why she is so popular, even in the twenty-first century. The first is MURDER ON THE ORIENT EXPRESS, one of the most famous with one of the most ingenious and human plots. Read this on one of your long train journeys in China! Next is A MURDER IS ANNOUNCED, a Miss Marple which was her 50th book. It has my favourite murderer in it! And last is ENDLESS NIGHT a story about evil and how it affects three young people, written at the time when I knew her best, and understood how deeply she cared and sympathised with young people and the world they lived in.

Whichever are your favourites I hope you enjoy these stories that New Star are introducing to you again. I think it is a great publishing event.

Mathew
Grandson of Agatha Christie
Chairman of Agatha Christie Ltd

致中国读者

(午夜文库版阿加莎·克里斯蒂作品集序)

在未来的几年中,我们将要筹备两个非常重要的关于阿加莎·克里斯蒂的纪念日。二〇一五年是她的一百二十五岁生日——她于一八九〇年出生于英国的托基市;二〇二〇年则是她的处女作《斯泰尔斯庄园奇案》问世一百周年的日子,她笔下最著名的侦探赫尔克里·波洛就是在这本书中首次登场。因此,新星出版社为中国读者们推出全新版本的克里斯蒂作品正是恰逢其时,而且我很高兴哈珀柯林斯选择了新星来出版这一全新版本。新星出版社是中国最好的侦探小说出版机构,拥有强大而且专业的编辑团队,并且对阿加莎·克里斯蒂的作品极有热情,这使得他们成为我们最理想的合作伙伴。如今正是一个良机,可以将这些经典作品重新翻译为更现代、更权威的版本,带给她的中国书迷,让大家有理由重温这些备受喜爱的故事,同时也可以将它们介绍给新的读者。如果阿加莎·克里斯蒂知道她的小故事们(她这样称呼自己的这些作品)仍然能给世界上这么多人带来如此巨大的阅读享受,该有多么高兴啊!

我认为阿加莎·克里斯蒂的作品有两个非常重要的特征。首先它们是非常易于理解的。无论以哪种语言呈现,故事和情节都同样惊险刺激,呈现给读者的谜团都同样精彩,而书中人物的魅力也丝毫不受影响。我完全可以肯定,中国的读者能够像我们英国人一样充分享受赫尔克里·波洛和马普尔小姐带来的乐趣,中国读者也会和我们一样，读到二十世纪最伟大的侦探经典作品——比如《无人生还》——的时候，被震惊和恐惧牢牢钉在原地。

第二个特征是这些故事给我们展开了一幅英格兰的精彩画卷，特别是阿加莎·克里斯蒂那个年代的英国乡村。她的作品写于二十世纪二十年代至七十年代间，不过有时候很难说清楚每一本书是在她人生中的哪一段日子里写下的。她笔下的人物，以及他们的生活，多多少少都有些相似。如今，我们的生活瞬息万变，但"阿加莎·克里斯蒂的世界"依旧永恒。也许马普尔小姐的故事提供了最好的范例：《藏书室女尸之谜》与《复仇女神》看起来颇为相似，但实际上它们的创作年代竟然相差了三十年。

最后，我想提三本书，在我心目中（除了上面提过的几本之外）这几本最能说明克里斯蒂为什么能够一直受到大家的喜爱。首先是《东方快车谋杀案》，最著名，也是最机智巧妙、最有人性的一本。当你在中国乘火车长途旅行时，不妨拿出来读读吧！第二本是《谋杀启事》，一个马普尔小姐系列的故事，也是克里斯蒂的第五十本著作。这本书里的诡计是我个人最喜欢的。最后是《长夜》，一个关于邪恶如何影响三个年轻人生活的故事。这本书的写作时间正是我最了解她的时候。我能体会到她对年轻人以及他们生活的世界关心至深。

现在新星出版社重新将这些故事奉献给了读者。无论你最爱的是哪一本，我都希望你能感受到这份快乐。我相信这是出版界的一件盛事。

阿加莎·克里斯蒂外孙
阿加莎·克里斯蒂有限责任公司董事长
马修·普理查德
二〇一三年二月二十日

阿加莎·克里斯蒂侦探小说全集⑳

桑苏西来客

N or M?

Agatha Christie

［英］阿加莎·克里斯蒂 著

张乐敏 译

新 星 出 版 社　NEW STAR PRESS

第一章

1

汤米·贝尔斯福德在公寓的门厅里脱下外套,小心翼翼地挂起来,然后很仔细地把帽子挂在旁边的钉子上。

他伸展一下肩膀,走进客厅,脸上的表情换成一种坚毅的微笑。他妻子正坐在那儿用卡其色的毛线织一顶巴拉克拉瓦盔式帽子。

这是一九四〇年的春天。

贝尔斯福德太太飞快地扫了他一眼,又以惊人的速度织了起来。过了片刻,她说道:

"晚报有什么消息吗?"

汤米说:

"就要打闪击战了,万岁,万岁!法国的形势不太好。"

塔彭丝说:

"现如今真是个压抑的世界。"

顿了顿,汤米又说:

"那么,你为什么不问问我?没必要绕这么大个圈子。"

"我知道,"塔彭丝承认,"故意绕弯是挺让人气恼的。可我要是真问你了,你也会不高兴的。不管怎样,我都不需要问,答案全都写在你脸上了。"

"我没觉得自己一脸不高兴。"

"不,亲爱的,"塔彭丝说,"你脸上那种刻意的笑容,是我见过的最让人心碎的表情了。"

汤米咧开嘴笑了笑,说:

"不是吧,真有那么糟糕吗?"

"糟糕多了!好了,说吧,事情没成?"

"没成。他们什么职位都不让我做。告诉你吧,塔彭丝,一个四十五岁的人却被看成一个老态龙钟的老头儿,这我可受不了。陆军、海军、空军,还有外交部,个个都告诉我,我太老了。也许以后会需要我。"

塔彭丝说:

"唉,我也一样。他们不需要我这个年纪的人做护理工作。'不了,谢谢你。'他们宁愿用那些从来没见过伤口,或者连给绷带消毒也不会的黄毛丫头。而我,从一九一五年到一九一八年,三年里做过各种不同的工作,在外科病房和手术室当过护士,做过贸易公司的货车司机,后来又给一位将军开车。所有这些工作,我都可以肯定地说自己做得非常优秀。现在,我只是一个可怜的、莽撞的、讨厌的中年妇女,应该老老实实地坐在家里织毛衣,我却偏偏没这么干。"

汤米忧郁地说:

"这场战争就像人间地狱。"

"打仗已经够糟的了,"塔彭丝说,"现在就连做点儿事都不行。"

汤米安慰地说道:

"好啦,至少黛伯拉找到工作了。"

黛伯拉的母亲说道：

"哦，她挺好，我想她能做好这份工作。可是，汤米，我还是觉得自己并不比黛伯拉差。"

汤米咧嘴一笑。

"她可不这么觉得。"

塔彭丝说：

"有些时候，女儿确实让人很厌烦，尤其是她非要对你特别好的时候。"

汤米小声说道：

"有时候小德里克那副体谅我的样子真是让人难以忍受，眼神中充满了'可怜的老爸'的意味。"

"其实，"塔彭丝说，"我们的孩子虽然很可爱，但有时也会让人恼火。"

可是一提到她那对双胞胎——德里克和黛伯拉，她的目光就变得柔和起来。

"我想，"汤米若有所思地说，"人们很难意识到自己已经人到中年，过了做一番事业的年龄了。"

塔彭丝愤怒地哼了一声，摇着她那长了一头黑亮头发的脑袋，卡其色的毛线团在她的大腿上来回转着。

"我们过了做事的年龄了，是吗？或者，只是别人一直这么暗示我们？有时我觉得我们向来毫无用处。"

"很有可能。"汤米说道。

"也许是这样吧。可不管怎么说，我们曾经觉得自己很重要。然而现在，我开始感觉所有的事都没有真正发生过。发生过吗，汤米？你曾经被德国间谍打破头，还被绑架了，是吗？我们曾经追踪过一个危险的罪犯——最后抓住了他，是吗？我们营救了一个女孩，找到了重要的机密文件，获得国家的感谢，对吗？是我们！你和我！是没人在乎、没人瞧得起的贝尔斯福德夫妇！"

"别说了，亲爱的，说这些也没用了。"

"话虽如此，"塔彭丝忍住眼泪，说，"我对我们的卡特先生很失望。"

"他给我们写了一封很真诚的信。"

"他什么也没做——甚至连一线希望也不肯给我们。"

"他现在也不在原位了。跟我们一样。他年纪很大了，住在苏格兰，钓钓鱼而已。"

塔彭丝渴望地说：

"他们可以让我们在情报部门做些事。"

"我们可能做不了这个，"汤米说，"也许，现在我们没那个胆量了。"

"我想，"塔彭丝说，"有人会这么认为。但是，就像你说的，到了关键时刻——"

她叹了口气，接着说：

"但愿我们能找到工作。一个人要是想太多，会腐烂的。"

她的视线落在一张身穿空军制服的年轻人的照片上，那咧嘴笑的样子像极了汤米。

汤米说：

"身为一个男人就更惨了。毕竟，女人还能织织毛衣、打打包裹，或者去食堂帮帮忙。"

塔彭丝说：

"再过二十年我也能做这些活儿。现在我还没老到要做这种工作。真是不像话。"

门铃响了。塔彭丝站起身去应门，他们住的公寓不提供门房服务。

她打开门,看见门垫上站着一个男人,宽肩膀、红脸膛,留着一把漂亮的大胡子。

他飞快地扫了她一眼,友善地问道:

"是贝尔斯福德太太吗?"

"是的。"

"我是格兰特,是伊斯特汉普顿勋爵的一个朋友,他让我来看望您和贝尔斯福德先生。"

"哦,太好了,请进。"

她把他带进客厅。

"这是我丈夫,这位是,呃,上尉——"

"是先生。"

"格兰特先生。他是卡特先生——不,是伊斯特汉普顿勋爵的朋友。"

"卡特先生"是前任情报局局长常用的化名,比起老朋友的封号,这个称呼反而叫得更加顺口。

三个人愉快地聊了一会儿。格兰特是个随和的人,很有魅力。

没多久,塔彭丝走出房间。很快,她拿着雪利酒和几个杯子回来了。

几分钟后,在几个人沉默的空当,格兰特先生对汤米说:

"听说你在找工作,是吗,贝尔斯福德?"

汤米的眼睛里闪出一道热切的光。

"没错,是的,你该不会是——"

格兰特笑了,摇摇头。

"哦,不是那样的。那种工作恐怕得留给活跃的年轻人去做了，或者是有多年经验的人。我也只能推荐一些枯燥的工作，坐办公室，给文件归档，用红带子捆起来，分门别类——类似这种。"

汤米脸色一沉。

"哦，我明白了！"

格兰特鼓励般的说：

"这样总比没事可做要强。不管怎么说，改天你来我办公室谈谈吧。军需部二十二号房间。我们会给你安排一个工作的。"

电话响了。塔彭丝拿起听筒。

"喂……是的……怎么了？"电话那头传来激动的叽叽声，塔彭丝脸色变了，"什么时候……哦，天哪……当然……我马上过去。"

她放下听筒，对汤米说：

"是莫琳。"

"我猜到了——从这儿就能听出是她的声音。"

塔彭丝上气不接下气地解释说：

"很抱歉，格兰特先生，但我得去一趟我朋友那里。她摔了一跤，脚踝扭伤了，可家里只有她小女儿。我得去帮忙处理一下，再找个人来照顾她。请原谅。"

"当然，贝尔斯福德太太，我非常理解。"

塔彭丝冲他笑笑，拿起放在沙发上的一件外套，往身上一套就急匆匆地走了。前门砰的一声关上了。

汤米又给客人倒了一杯雪利酒。

"别着急走。"他说。

"谢谢。"对方接过杯子，默默地啜饮了一会儿，然后说，"从某种意义上来说，你太太被电话叫走，也是一件好事。这样我们会节省很多时间。"

汤米瞪着他。

"我不明白。"

格兰特不紧不慢地说：

"是这样，贝尔斯福德，要是你来我们部门找我，我还是有权给你介绍一份工作的。"

汤米满是雀斑的脸渐渐涨红了。

"你该不是说——"

格兰特点点头。

"伊斯特汉普顿推荐了你，"他说，"他跟我们说你适合这份工作。"

汤米深深地叹了口气。

"跟我说说吧。"他说。

"当然，这事要绝对保密。"

汤米点点头。

"连你妻子也不能告诉，明白吗？"

"既然你这么说了——那好吧。但是我们之前是一起工作的。"

"是的，我知道，不过勋爵只推荐你一个人。"

"我明白了。好吧。"

"表面上是我们给你提供了一份工作——正如我刚才所说——办公室工作，在军需部苏格兰分部。实际上你是去另一个完全不同的地方。那里是禁区，你太太不能跟你一起去。"

汤米等着下文。

格兰特说：

"你看过报纸上说的第五纵队吗？我想你至少该知道这个词的字面意思吧。"

汤米咕哝道：

"内部的敌人。"

"没错。贝尔斯福德，战争开始时，人们的心态都是乐观积极的。哦，我指的不是那些真正了解情况的人。我们一直都知道自己对付的是什么人——敌人的高效率，他们的空中优势，破釜沉舟获胜的决心，还有周密的部署和协调的配合。我说的是敌人这个整体。而我们那些好心的、傻头傻脑的民主人士，只相信他们愿意相信的——德国会崩溃的，他们国内即将发生革命，他们的武器不堪一击，他们的士兵都营养不良，打起仗来都站不稳，诸如此类。全都是痴心妄想。

"然而，战争并非他们想得那样。开始就没打好，现在更糟了。士兵们都是很好的——军舰、飞机和战壕里的都是好兵。可是我们指挥不当，而且准备不足——也许，是我们的实力欠缺。我们不希望发生战争，没有认真考虑过打仗的事，更别说提前做好准备了。

"最糟糕的已经过去了，我们已经改正了错误，慢慢让合适的人去做合适的工作。我们开始掌握正确的作战方法——而且我们能赢得战争，这一点无须怀疑——但是我们得开个好头才行。然而导致失败的危险元素并不是来自外部——不是德国轰炸机，也不是德国夺取了中立国家的政权从而占据了进攻优势——而是来自我们内部。我们的危险，就是特洛伊的危险——我们城墙里的木马。如果你愿意的话，可以叫它第五纵队。它就在这里，在我们中间。有男人、女人，其中一些身居高位，还有一些只是无名小辈，但他们全都相信纳粹的那些理念，而且希望用纳粹那种严厉的、立竿见影的信条取代我们模糊、懒散的民主制度。"

格兰特向前探了探身，依然用友善而平静的语调说道：

"然而我们不知道他们是谁……"

汤米说:"但是,一定——"

格兰特有些不耐烦地说:

"啊,我们能把那些小虾米一网打尽。这很简单。但关键在于其他人。我们知道这些人。我们知道海军部至少有两个高官,其中一个在G将军的部门。空军里起码有三个甚至更多,情报部门里少说也有两个,因此得以接近内阁机密。通过对近期几起事件的分析,我们得出了这些结论。信息被泄露——而且是从高层——给了敌人,这一点就说明了问题所在。"

汤米和善的脸上露出困惑的表情,他无能为力地说:

"可是我能帮你什么呢?这些人我都不认识。"

格兰特点了点头。

"没错。你一个也不认识——而且他们也不认识你。"

他顿了顿,好让对方沉淀一下他的话,然后继续说道:

"那些人,那些要人,对我们这些人大部分都比较了解,所以不太可能避开他们传递情报。我已经无计可施了。我去找过伊斯特汉普顿,可他现在不干这个了——他病了。不过他是我知道的最有头脑的人,他想到了你。你离开情报部已经二十多年了,你的名字跟这个部门毫无牵连,也没人认识你的面孔。你觉得怎么样——能胜任吗?"

汤米欣喜若狂,笑得嘴巴都合不上了。

"胜任?我当然能胜任了。虽然我还不明白自己能有什么用处。我只是个业余爱好者。"

"亲爱的贝尔斯福德,我们需要的正是你这种业余爱好者。专业人士反而会遇到障碍。你将接替的人,曾经是我们最优秀的同事。"

汤米一脸询问的表情,格兰特点点头。

"是的,上星期二在圣布里奇特去世了,被一辆卡车撞死了——之后只活了几个小时。表面上是一起意外事故,但其实并非偶然。"

汤米缓缓说道:"我明白了。"

格兰特平静地说:

"因此我们有理由相信法夸尔发现了某些事,事情终于有了进展。他的意外死亡正说明了这一点。"

汤米面露困惑。

格兰特继续说道:

"很遗憾,我们对他的发现几乎一无所知。法夸尔有条不紊地追踪了一个又一个线索,然而大部分都没有结果。"

格兰特顿了顿,又说:

"法夸尔一直昏迷,直到去世前才清醒了几分钟。他努力想说些什么,可只说出了这几个字:N 或 M。桑苏西。"

汤米说:"这个,好像没什么启发性啊。"

格兰特微微一笑。

"比你想得多一点儿。知道吗,我们以前听说过'N 或 M'这个词,指的是两个最重要、最受信任的德国间谍。我们收集到一些他们在其他国家的活动情况,对他们略知一二。他们的任务是在外国组织第五纵队,担任该国和德国之间的联络官。据我们了解,N 是男人,M 是女人。我们只知道这两个人是希特勒最为信任的间谍。战争刚开始时,我们设法破译了一封密码电报,上面有这样的话:'建议 N 或 M 去英国,全权负责——'"

"明白了。那法夸尔——"

"在我看来,他肯定是发现了其中一个人的线索,很遗憾,我们不知道是哪一个。桑苏西，听上去让人费解——不过法夸尔的法语发音不太标准！在他口袋里有一张去利汉普顿的回程车票，这倒是个线索。利汉普顿是南海岸的一座新兴城市——就像伯恩茅斯或者托基①一样，那儿有很多私人开的小旅馆或宾馆，其中有一家就叫桑苏西。"

汤米说：

"桑苏西……桑苏西……我明白了。"

格兰特说："是吗？"

"你是想，"汤米说，"让我去那儿，呃，四处打听一下？"

"就是这个意思。"

汤米脸上又露出了微笑。

"目标有点儿模糊吧？"他问，"我甚至不知道自己要找谁。"

"可我也无法告诉你，我自己也不知道，只能看你的了。"

汤米叹了口气，耸耸肩。

"我可以试试看，不过我的头脑没那么灵。"

"我听说你以前干得非常好。"

"哦，全靠运气而已。"汤米急忙说道。

"没错，运气正是我们所需要的。"

汤米考虑了一会儿，说：

"关于这个地方，桑苏西——"

格兰特耸了耸肩。

"这或许是场骗局，我也说不上来。也许法夸尔认为是'苏西姊妹为士兵们缝制衣服'。一切都是猜测。"

"那利汉普顿呢？"

---

①两个都是英国的海滨城市。

"跟其他类似城市差不多,各色人等都有。老太婆、老上校、一清二白的老小姐、可疑的顾客、一两个外国人,其实就是一锅大杂烩。"

"N 或 M 就在他们中间吗?"

"不一定。也许是和 N 或 M 有联系的人,但也很有可能是他们本人。这是一个不起眼的地方,是海滨度假胜地的一个寄宿公寓。"

"我要找的人是男是女你也不知道吗?"

格兰特摇了摇头。

汤米说:"好吧,我只能试一下了。"

"祝你好运,贝尔斯福德。现在,我们说说细节吧……"

2

半小时之后,塔彭丝气喘吁吁地闯了进来,一脸的急切和好奇。汤米正一个人吹着口哨坐在扶手椅里,一副拿不定主意的表情。

"怎么样?"塔彭丝字字饱含深情。

"是这样,"汤米的语气有点儿含糊,"我找到了——一份工作。"

"什么样的工作?"

汤米做了个鬼脸。

"在苏格兰的偏远地区做办公室工作,官方不让声张,不过听起来没什么可激动的。"

"我们两个都去,还是就你自己去?"

"恐怕只能是我自己去。"

"该死的！我们的卡特先生怎么能这么自私？"

"我想这一类的工作是男女分开的，不然太容易分心了。"

"是编码还是破译电码？是不是和黛伯拉的工作差不多？你可得小心了，汤米，做这种事的人会变得很古怪，整晚睡不着觉，走来走去，嘴里还不停地嘀咕着九七八三四五二八六之类的东西，最后都精神崩溃，卷铺盖回家了。"

"我不会的。"

塔彭丝悲观地说：

"你早晚也会这样的。我能不能也过去——不是去工作，而是以妻子的身份？照顾你的起居，你忙完一天的工作后还能吃上一顿热乎的饭菜。"

汤米显得有些不安。

"真抱歉，老婆子，真对不起，我也不想离开你——"

"可你觉得你应该去。"塔彭丝恋恋不舍地嘟囔着。

"无论如何，"汤米无力地说道，"你还能在家织毛衣。"

"织毛衣？"塔彭丝说，"织毛衣？"

她抓起那顶盔式帽子扔在地上。

"我讨厌卡其色毛线，"塔彭丝说，"还有海军蓝、空军蓝，我想织品红色的！"

"很有军事化的感觉，"汤米说，"好像要来一场闪电战似的。"

其实他心里很难过。不过塔彭丝是个刚毅勇敢的人，她积极地鼓励汤米，说他应该接受这份工作，她自己这方面完全没关系。她还说自己打听到急救站需要一个负责打扫的人，也许她适合做这事。

三天后，汤米起程去了阿伯丁。塔彭丝去车站为他送行，一双眼睛亮晶晶的，眨了两下，努力做出一副开心的样子。

火车渐渐驶出车站，汤米望着那个孤零零的小小身影走出月台，不禁有些哽咽。无论有没有战争，都是他遗弃了塔彭丝……

他竭力让自己振作起来。命令就是命令。

按时到达苏格兰之后，第二天，他坐火车去了曼彻斯特。第三天，一列火车载他去了利汉普顿。他先是去了当地最有名的宾馆，次日又去那些私人小旅馆和宾馆转了转，看看房间，询问一下如果要长住的话有什么条件。

桑苏西是一座褐红色的维多利亚式的别墅，坐落在一个山坡上，从楼上的窗户望出去，海景一览无余。大厅里散发着一股淡淡的尘土味儿和油烟味儿，但是比汤米看过的其他地方好多了。他在办公室见到了老板娘佩伦娜太太。这是一间算不上整洁的小屋子，一张大桌子上摆满了报纸。

佩伦娜太太自己也很邋遢，一头黑色的鬈发像个大拖把，妆容不整，一笑就会露出一口白牙。

汤米咕哝着向她提到自己有一位年长的堂姐梅多斯小姐，两年前在桑苏西住过。佩伦娜太太还清楚地记得梅多斯小姐——一位可爱的老太太——也许没那么老——非常活跃，而且很有幽默感。

汤米很谨慎地表示同意。他知道确实有一位梅多斯小姐——情报部很注意这些细节问题。

亲爱的梅多斯小姐现在好吗？

汤米难过地解释说梅多斯小姐已经过世了。佩伦娜太太同情地啧啧了几声，应景地感叹一番，脸上浮现出恰当的悲伤。

没多久，她又开始滔滔不绝地说了起来。她说有一个房间绝对适合梅多斯先生住，可以看到大海的美景。她觉得梅多斯先生离开伦敦来这儿是正确的，她知道如今的都市生活很沉闷，当然经历过这次流感之后……"

佩伦娜太太一边说着,一边带汤米上楼看房间,还说起了每周的食宿费。汤米显得很失望。佩伦娜太太解释说,物价涨得飞快。汤米则说自己的收入减少了,而且还要缴税,等等。

佩伦娜太太抱怨道:

"这场可怕的战争——"

汤米表示同意,并说他觉得应该绞死希特勒。一个疯子,他就是个疯子。

佩伦娜太太表示同意,说口粮配给少,就算屠夫也不容易弄到肉——有时候连胰脏等杂碎也见不着,因此做她的客房服务也不易。不过既然梅多斯先生是梅多斯小姐的亲戚,那房钱可以少收半个几尼。

汤米败下阵来,答应回去考虑一下。佩伦娜太太跟着他到门口,说得更加起劲了,她表现出来的那种狡猾让汤米很吃惊。他承认,在某种程度上,她挺漂亮的。他心里猜测着她是哪国人,肯定不是英国人吧?她的姓是西班牙或者葡萄牙人的姓,但也许是她丈夫的国籍而不是她的。他想她也许是爱尔兰人,虽然她并没有爱尔兰口音。不过她活力充沛这一点倒是像爱尔兰人。

最后他们谈妥了,梅多斯先生第二天就搬过来。

六点钟,汤米准时到了。佩伦娜太太走出大厅迎接他,快言快语地吩咐一个女仆放置行李。那女仆样子傻傻的,张着嘴巴瞪着汤米。随后佩伦娜太太带汤米到了那个她称为休息室的房间。

"我总是介绍房客们互相认识。"佩伦娜太太说,眉飞色舞地望着里面眼神透着疑惑的五个人,"这是我们新来的房客,梅多斯先生——这位是欧罗克太太。"一个身躯像座小山一般的女人冲他喜气洋洋地微笑着,一双小眼睛亮晶晶的,嘴上还有一撮胡子。

"这位是布莱奇利少校。"布莱奇利少校审视着他,然后动作僵硬地点点头。

"范·德尼姆先生。"这是个年轻人,金发蓝眼,表情呆板,他站起身,鞠了一躬。

"明顿小姐。"这个上了年纪的女人身上挂了很多珠子,手里织着卡其色的毛线,还咻咻地笑着。

"还有布伦金索普太太。"这人也在织毛衣,长着一头乱蓬蓬的黑发,把脑袋从手中的巴拉克拉瓦盔式帽子上面抬了起来。

汤米屏住呼吸,整个房间旋转起来。

布伦金索普太太!塔彭丝!这一切似乎都不可能,都让人难以置信——塔彭丝,正坐在桑苏西的休息室里不动声色地织毛衣!

她的目光和他相遇——礼貌的、毫无关系的陌生人的目光。

他佩服极了。

塔彭丝!

第二章

那天晚上汤米自己也不知道是怎么熬过来的,他都不敢朝布伦金索普太太那个方向多看两眼。晚饭时,桑苏西又出现了三个房客——一对中年夫妇,凯利夫妇;还有一位年轻的母亲,斯普洛特太太,带着她的小女婴从伦敦来,不得不住在利汉普顿,显然已经厌倦了这里的生活。她挨着汤米坐,醋栗色的眼睛时不时地盯着汤米看两眼,用略微嘶哑的声音问道:"你是不是觉得现在很安全了?大家都会回家了,是吗?"

汤米还没来得及回答这些天真的问题,旁边那位挂着成串珠子的太太插嘴道:

"在我看来,有小孩的人就不要随便冒险了。你那可爱的小贝蒂要是有什么事,你一辈子也不会原谅自己的。你知道,希特勒说了,马上就要对英国实施闪电战了——我想,是一种新式的毒气弹。"

布莱奇利少校生气地打断了她的话:

"很多关于毒气弹的话都是无稽之谈。这些家伙才不会浪费时间去摆弄什么毒气弹,他们用的是烈性炸药和燃烧弹。在西班牙就是这么干的。"

整桌人都争论得津津有味,塔彭丝那尖锐的、傻乎乎的声音响了起来:"我儿子道格拉斯说——"

"道格拉斯，天哪，"汤米心想，"为什么叫道格拉斯呢，我还真想知道。"

结束了这顿寡然无味的粗茶淡饭，大家都回到了休息室。女人们又织起了毛线，而汤米则不得不耐着性子听布莱奇利少校大讲特讲他那在西北战场上冗长乏味的故事。

那个眼睛明亮的金发年轻人走了出去，在门口向大家微微一鞠躬。

布莱奇利少校突然打住话头，戳了戳汤米的肋部，说：

"刚才出去的那家伙是个难民，战争前一个月从德国跑出来的。"

"他是个德国人？"

"是的，不过不是犹太人。他父亲因为批评纳粹而惹上了麻烦，两个哥哥被关进了集中营，而这家伙及时逃了出来。"

这时，凯利先生又拽着汤米唠唠叨叨地说起了自己的身体状况。叙述者说得身心投入，快到睡觉的时候汤米才得以逃脱。

第二天汤米起了个大早，去前面散步。他轻快地走向码头，然后沿着海滨大道折了回来，就在这时，他忽然发现一个熟悉的身影从对面走了过来。汤米抬了下帽子。

"早上好，"他愉快地说，"呃——布伦金索普太太，对吗？"

见四下无人，塔彭丝说：

"叫我利文斯通医生。"

"你怎么到这儿来了，塔彭丝？"汤米嘀咕着，"这真是个奇迹——绝对是个奇迹。"

"这才不是什么奇迹——不过是动了动脑子罢了。"

"我想，是你动脑子了？"

"你说对了。你和你那位傲慢的格兰特先生，我希望这能给他一个教训。"

"应该的。"汤米说,"快说吧,塔彭丝,告诉我你怎么做到的,我都好奇死了。"

"很简单。格兰特一说到我们的卡特先生,我就猜到是怎么回事了。我知道肯定不是什么悲惨的办公室工作,但是他表现出来的态度告诉我,他们不会让我参与这项工作。因此,我就想先发制人。我趁着去拿雪利酒的工夫,去布朗家给莫琳打了个电话,告诉她待会儿给我打电话,到时应该说什么。她按照计划演得很好,尖厉的哇哇大叫声满屋都能听见。我也表演了自己那部分,装出很烦恼、不得不出门赶去看我那位倒霉朋友的样子。我砰的一声关上前门,但人仍留在里面没有出去,然后悄悄溜进卧室,轻轻打开高脚橱后面那扇通向客厅的门。"

"那么你全都听到了?"

"全部。"塔彭丝得意扬扬地说。

汤米嗔怪地说道:

"可你却一点儿也没透露?"

"当然没有。我打算给你们上一课——你和你那个格兰特先生。"

"他不完全是我一个人的格兰特先生,不过,我得说,你确实给他上了一课。"

"如果是卡特先生,就不会对我这么不公平了。"塔彭丝说,"我觉得情报部跟我们那时候不一样了。"

汤米严肃地说:"既然我们又回来了,那它就会恢复以往的光彩。不过,你为什么要叫布伦金索普?"

"为什么不行?"

"听起来很古怪。"

"这是我第一时间想到的名字，而且和我的内衣也很搭。"

"此话怎讲，塔彭丝？"

"你这个傻瓜！贝尔斯福德是B字母开头，布伦金索普也是，我的紧身内衣上也绣着B。帕特丽莎·布伦金索普。普露登丝·贝尔斯福德[①]。你为什么用梅多斯这个名字？听上去真蠢。"

"首先，"汤米说，"我的内裤上可没绣着大写的B字。其次，这名字不是我选的，是上头让我用的。梅多斯先生的过去令人尊敬，他的一切我都熟记于心。"

"很好，"塔彭丝说，"你结婚了，还是单身？"

"我是个鳏夫，"汤米体面地说，"妻子十年前在新加坡去世。"

"为什么在新加坡？"

"我们总要死在一个地方呀，新加坡有什么不好？"

"哦，没什么不好，那里也许是个适合去世的地方。我是个寡妇。"

"你丈夫是在哪儿去世的？"

"这重要吗？也许死在疗养院了。我想他大概是死于肝硬化。"

"明白了。这是个让人伤心的话题。那么你的儿子道格拉斯呢？"

"道格拉斯在海军。"

"昨晚我听说了。"

"我还有两个儿子，雷蒙德在空军，小儿子西里尔在地方部队。"

[①]这两个名字的缩写都是P.B.。

"假如有人不怕麻烦地去调查这些想象出来的布伦金索普兄弟怎么办？"

"他们不姓布伦金索普，因为这是我第二任丈夫的姓。第一任丈夫姓希尔，电话本上姓希尔的人有三大页那么多，查也查不完。"

汤米叹了口气。

"你的老毛病又犯了，塔彭丝，总是把事情做过头。两个丈夫，三个儿子，人数太多了。你会在细节问题上弄得自相矛盾的。"

"我才不会呢。我倒是觉得这几个儿子会有用处的。别忘了，我可不是奉命而来，而是个自由人。我来这儿只是为了自己高兴，所以我会好好享受一番的。"

"也许吧，"随后汤米又闷闷不乐地补充道，"整件事就是一场闹剧。"

"为什么这么说？"

"哦，你在桑苏西待的时间比我久，老实说，昨天晚上那群人里你觉得哪个可能是危险的敌方间谍？"

塔彭丝沉思着说：

"似乎有些不可思议。不过，那个年轻人很可疑。"

"卡尔·范·德尼姆。可是警察会审查难民身份的，不是吗？"

"也许吧，可也许他设法蒙骗过去了。要知道，他可是一个有魅力的小伙子。"

"你是说，女孩们会对他吐露实情？会是什么样的女孩呢？将军或者海军上将的女儿不可能会流落到这里吧。也许他是和训练部队的哪个连长一块儿散步来着？"

"别打岔，汤米，我们应该严肃地谈一谈这件事。"

"我就是在认真谈啊。只不过我觉得我们是白忙活。"

塔彭丝板着脸说：

"现在这么说还为时过早。毕竟这件事还没有表现出什么明显的迹象。那佩伦娜太太呢？"

"没错，"汤米若有所思地说，"我承认，这个佩伦娜太太——她确实可疑。"

塔彭丝用一种公事公办的语气说道：

"那我们怎么办？我是说，我们俩怎么合作？"

汤米沉思着说：

"不能让别人看到我们总是在一起。"

"是的。要是别人觉得我们彼此熟悉那可就麻烦了。我们要确定一个态度问题。我想……是的，我想……追求是最好的办法。"

"追求？"

"没错，我追求你。你尽量逃避，但一个男人仅仅有骑士风度是不够的。我有过两个丈夫，现在正在寻找第三个。你来扮演那个被追逐的鳏夫，我会不时地把你堵在某个地方，比如咖啡馆，或者你在前面走路的时候就逮住你。每个人见了都会窃笑，觉得很滑稽。"

"听起来可行。"汤米表示同意。

塔彭丝说："女追男一向会引出很多笑话，这对我们非常有利。就算别人看到我们在一起，也只会哧哧地偷笑，说：'瞧瞧那个可怜的老梅多斯。'"

突然，汤米一把抓住她的胳膊。

"看，"他说，"往前看。"

在防空洞的一角，一个年轻人正站在那儿和一个女孩说话。

他们谈得很专注,完全沉浸在对话之中。

塔彭丝轻声说道:

"卡尔·范·德尼姆。那女孩是谁?"

"不管是谁,她长得很漂亮。"

塔彭丝点点头,若有所思地盯着女孩那张热情洋溢的褐色脸庞,还有紧身套衫所凸显出来的窈窕曲线。她正在认真地说着什么,带着强调的语气。德尼姆正在聆听。

塔彭丝小声说道:

"我想我们可以在这儿分开了。"

"好的。"汤米表示同意,然后转身朝相反方向走去。

在海滨大道的尽头,他遇上了布莱奇利少校。后者狐疑地盯着他,然后咕哝着:"早上好。"

"早上好。"

"看来你和我一样,是个喜欢早起的人。"布莱奇利说。

汤米说:

"是在东方养成的习惯,当然,这是很多年前的事了,不过我现在还是会早醒。"

"也对,"布莱奇利少校表示赞成,"上帝啊,如今这些年轻人真让人恶心。十点钟,甚至更晚,才起来洗热水澡,然后下楼吃早饭。难怪德国人逼得我们节节败退。那些软弱无力的小崽子,没有耐力。不管怎么说,军队可不像从前了。溺爱,现在他们就是这样。晚上睡觉还要灌热水袋。呸!真让我恶心!"

汤米忧郁地摇摇头,于是布莱奇利少校受到了鼓励,接着说道:

"纪律,这才是我们所需要的。纪律。没有纪律,我们怎么能打胜仗?你知道吗,先生,别人跟我说,有些家伙阅兵的时候还穿着宽松长裤。这样怎么能指望他们打胜仗？长裤！天哪！"

梅多斯先生大胆地说出自己的想法：今时完全不同于往日了。

"这全都怪民主制度！"布莱奇利少校阴郁地说，"什么都能做过头。我认为，在民主这件事上，他们就做得过火了。长官和士兵混在一块儿，在一家饭馆里吃饭。呸！士兵可不喜欢这么干，梅多斯。军队是知道的。他们一向都知道。"

"当然了，"梅多斯先生说，"我对军队上的事不太了解——"

少校打断了他的话，飞快地朝旁边瞥了一眼。"参加过上次战争吗？"

"哦，是的。"

"我想也是。一看你就受过训练。从肩膀就能看出来。在哪个团？"

"五团。"

"哦哦，在萨洛尼卡。"

"是的。"

"我在美索不达米亚。"

布莱奇利陷入了回忆。汤米礼貌地听着。最后，布莱奇利怒气冲冲地说：

"现在他们还会用我吗？不，不会的。我太老了。见鬼，我太老了。可我能教这些小崽子几件关于战争的事。"

"至少也能教教他们不要做什么。"汤米微笑着说。

"嗯？什么意思？"

显然，幽默并不是布莱奇利少校的强项，他疑惑地看着同伴。汤米急忙换了个话题。

"你认识那位太太吗——我想应该是姓布伦金索普？"

"对,就是姓布伦金索普。长得不难看——只是年纪大了些,话太多。人还可以,就是有点儿蠢。不,我不认识她。她几天前才来桑苏西。"他又追问道,"你为什么这么问?"

汤米解释说:

"刚刚碰巧遇见她了,我在想她是不是每天也起这么早。"

"我不知道。女人通常不会在早饭前出来散步——感谢上帝。"他补充道。

"阿门。"汤米又说,"我不太擅长在早饭前跟人客客气气地说话。但愿我没有对她太粗鲁,我只是想运动一下。"

布莱奇利少校立刻表现出了同情。

"我支持你,梅多斯,我支持你。女人在什么地方待着都可以,但就是别在早饭前出来。"他咮地笑了一声,"你最好小心点,老兄,你知道吗,她是个寡妇。"

"是吗?"

少校兴致勃勃地朝他肋部戳了一下。

"我们知道寡妇是什么情况。她已经埋葬了两个丈夫,不瞒你说,她正在寻摸第三任。睁大眼睛,提高警惕,梅多斯,这是我的忠告。"

布莱奇利少校兴高采烈地在路尽头来了个大转身,脚步轻快地去桑苏西吃早饭了。

在这期间,塔彭丝继续沿着海滨大道漫步,经过防空洞时,离那两个交谈的年轻人很近,她听到了几句话,是女孩说的。

"可你一定要小心,卡尔,一点点怀疑——"

塔彭丝没听见后面的话。这话在暗示什么?当然,可以有很多无关痛痒的解释,于是,她尽量不惹人注意地转过身,向两人靠近。又有几句话飘入她耳朵。

"自以为是的、可恶的英国人……"

布伦金索普太太的眉毛轻轻扬了扬。卡尔·范·德尼姆,逃出纳粹魔掌的难民,是英国为他提供了住处和庇护,听到这些话却没有反对,真是既不明智也不知感恩。

塔彭丝又转过身来,但是这次还没等她走近防空洞,那对年轻人就迅速分开了,女孩穿过马路,离开了海边,卡尔·范·德尼姆却朝着塔彭丝走过来。

若非塔彭丝停下脚步犹豫片刻,也许卡尔都没认出她来。卡尔收住脚,鞠了个躬。

塔彭丝叽叽喳喳地说:

"早上好,德尼姆先生,是这样称呼你吗?天气真好啊。"

"啊,是的。天气不错。"

塔彭丝接着说:

"这样的天气太诱人了,吃早饭之前我一般不会出来散步的,但是今天早上不一样,加上昨晚没有睡好——我发现一个人到了陌生的地方总是睡不好觉,总是要过一两天才会习惯。"

"哦,是的,毫无疑问就是这样。"

"并且散散步确实能让我吃早饭时胃口好一些。"

"这会儿你要回桑苏西吗?如果可以的话,我陪你走回去吧。"他表情严肃地走在她身旁。

塔彭丝说:"你散步也是为了让自己有胃口吃饭吗?"

他一本正经地摇摇头。

"哦,不,我已经吃过早饭了,正要回去工作。"

"工作?"

"我是个化学研究人员。"

"原来你是做这个的。"塔彭丝偷偷扫了他一眼,心想。

卡尔·范·德尼姆声音呆板地说着：

"我是为了躲避纳粹而来到这个国家的。钱少，也没有朋友。我现在在做一些能力范围内的有用的工作。"

他直直地盯着前方，塔彭丝感觉他心里涌动着一股强烈的暗流。

她含混不清地小声说道：

"嗯，我明白了，值得称赞。"

卡尔·范·德尼姆说：

"我的两个哥哥关在集中营，我父亲死在一所集中营里，我母亲因为悲伤过度和担惊受怕，也去世了。"

塔彭丝想：

"他说话的语气——好像在背台词。"

她不禁又偷偷扫了他一眼，他仍然盯着前方，面无表情。

两个人沉默地走了一会儿，两个男人从他们身边经过，其中一人飞快地瞥了卡尔一眼，她听见那人低声对同伴说道：

"我敢打赌那家伙是德国人。"

塔彭丝看见卡尔·范·德尼姆涨红了脸。

他忽然无法控制自己的情绪，那些压在心中的情感一下子爆发出来，他结结巴巴地说：

"你听见了吧……你听见了吧……他们说……我——"

"亲爱的孩子，"塔彭丝突然变回了真实的自己，声音清脆而有说服力，"别傻了，你不可能两全其美。"

他转过头凝视着她。

"你的意思是？"

"你是个难民，必须学会逆来顺受，你还活着，这才是重要的。活着，并且是自由的。再说，这也是不可避免的，这是国家间的战争，而你是个德国人。"她忽然微微一笑，"你不能指望路人——街上那个男人——能分辨出好的德国人和坏的德国人。也许我这么说有些粗鲁。"

他仍然盯着她，那双无比湛蓝的眼睛因为压抑着某些感情而变得目光十分锐利。然后，他忽然也笑了，说：

"提到北美印第安人，他们总说一个死了的印第安人才是个好印第安人，对吗？"他大笑，"为了做个好德国人，我得按时去上班了。那么，再见了。"

又是僵硬地鞠了一躬，塔彭丝注视着他的背影，自言自语道：

"布伦金索普太太，你刚才犯了个错误，以后要更加小心行事。现在，去桑苏西吃早饭。"

桑苏西前厅的门开着，佩伦娜太太正在里面跟什么人说着话，语气充满活力。

"还有，你要告诉他我是怎么说最后那批人造奶油的。去奎尔买熟火腿——上次买的时候便宜两便士，买卷心菜也得小心选——"见塔彭丝走过来，她收住了话头。

"哦，早上好，布伦金索普太太，你起得可真早啊。还没吃早饭吧，我已经放在餐厅了。"她指指和她说话的那个女孩，补充道，"这是我女儿希拉，你还没见过她吧，她一直在外面，昨天晚上才回家。"

塔彭丝饶有兴致地看着那张活泼漂亮的面孔，刚才那种活跃的神情已然不见，取而代之的是厌烦和愤怒。

"我女儿希拉，希拉·佩伦娜。"

塔彭丝低声寒暄了几句，便走进餐厅。那儿有三个人在吃早饭——斯普洛特太太和她的小女儿，还有大块头欧罗克太太。塔彭丝说了声"早",而欧罗克太太那句热情洋溢的"你早啊",则完全盖过了斯普洛特太太有气无力的招呼声。

那个老太婆热切地盯着塔彭丝。

"早饭前出去走走是很不错的,"她说,"会让你胃口大开。"

斯普洛特对她的宝宝说:

"宝贝,好吃的牛奶和面包。"一边说一边想办法把一勺牛奶送进贝蒂·斯普洛特小姐的嘴里。

小婴儿敏捷地扭动脖子,巧妙地避开了勺子,一双又大又圆的眼睛仍然看着塔彭丝。

她伸出一根沾满牛奶的手指指着刚进来的人,粲然一笑,咯叽咯叽地说着:"嘎——嘎——鲍其。"

"她喜欢你,"斯普洛特太太笑容满面地对塔彭丝大声说道,好像这表示某种恩赐似的,"她有时候对陌生人很害羞呢。"

"鲍其,"贝蒂·斯普洛特说,"啊、噗、啊、袋子。"她一字一顿地说着。

"她说的是什么意思?"欧罗克太太很有兴趣地问道。

"她还说不清楚呢,"斯普洛特太太说,"要知道,她才两岁多,基本上就是乱喊一气,不过她会叫'妈妈',对吧,宝贝儿?"

贝蒂若有所思地看着她的妈妈,然后用一种很坚定的语气说:"卡戈·比克。"

"这是他们自己特有的语言,小天使,"欧罗克太太低沉有力地说,"贝蒂,宝贝儿,说'妈妈'。"

贝蒂费力地看着欧罗克太太,皱着眉头,重重地说:"纳泽尔——"

"瞧瞧,不想好好表现的时候就这样。多可爱的小姑娘啊。"

欧罗克太太站起身,对贝蒂挤出一个笑容,便拖着沉重的身躯摇摇摆摆地走了出去。

"嘎,嘎,嘎。"贝蒂用勺子敲打着餐桌,高兴地大叫。

塔彭丝眨眨眼,说:

"'纳泽尔'究竟是什么意思?"

斯普洛特太太的脸红了。"贝蒂不喜欢什么人或者什么东西的时候就会这么说。"

"我也这么想。"塔彭丝说。

两个女人都大笑起来。

"毕竟,"斯普洛特太太说,"尽管欧罗克太太为人和善,但她有点儿吓人——声音那么粗,还有胡子什么的。"

贝蒂歪着脑袋,对塔彭丝发出哦啊哦啊的乱叫。

"她喜欢你,布伦金索普太太。"斯普洛特太太说。

塔彭丝觉得那声音中有些微微的妒意,连忙打圆场。

"小孩子都喜欢新面孔,对吧?"她轻描淡写地说。

门开了,布莱奇利少校和汤米走进来,塔彭丝立刻变得调皮起来。

"啊,梅多斯先生,"她大声说道,"瞧,我打败你了。我先到的。不过我还是给你留了点儿早饭。"

她朝自己身边的座位微微一指。

汤米含混不清地低声说道:"哦——呃——好啊——谢谢。"便坐在了桌子另一边。

贝蒂·斯普洛特喊道:"扑哧!"嘴里的牛奶都喷到了布莱奇利少校身上。少校立刻摆出一副窘迫却十分高兴的样子。

"小淘气今天早上过得怎么样啊?"他傻乎乎地问,"真是个小宝贝儿。"说着拿起报纸逗她。

贝蒂高兴地大喊大叫着。

塔彭丝产生了一种深深的疑虑,心想:

"一定是哪里搞错了。这儿不可能有什么不寻常的事。绝对不可能!"

她觉得恐怕只有《爱丽丝梦游仙境》里的女王才会认为桑苏西是第五纵队的大本营。

第三章

1

明顿小姐正在外面那个有遮棚的阳台上织毛衣。

她身材精瘦,脖子上青筋毕现。身穿一件浅蓝色的针织套衫,戴着一条珠链,粗花呢裙子软塌塌地垂在地上。一看到塔彭丝,马上打了招呼。

"早上好,布伦金索普太太,昨晚一定睡得很好吧。"

布伦金索普太太说每次换到一个陌生的地方,第一晚肯定睡不好。明顿小姐说,这并不奇怪,她也一样。

布伦金索普太太说:"太巧了!对了,这针脚可真漂亮啊!"听见这话,明顿小姐的脸都红了,赶忙铺开手中的毛衣。是的,确实不常见,不过真的很简单。要是布伦金索普太太愿意,她一说就能明白。哦,明顿小姐人真好,不过布伦金索普太太很笨,不擅长织毛衣,也学不会织图案,也就织织盔式帽子这种简单的东西,就算这样她也觉得自己织错了。总之就是觉得哪儿不太对,是吗?

明顿小姐很专业地看了看那堆卡其色毛线,然后温和地指出了错误的地方。塔彭丝感激地把那顶织错了的盔式帽子递了过去。明顿小姐表现得甚是亲切,乐于帮忙。哦,不,一点儿都不麻烦,她织了很多年毛线了。

"在这场可怕的战争之前,我什么东西都没织过。"塔彭丝坦白地说,"可是现在感觉很糟,必须得做点儿什么,对吧?"

"哦,没错,确实是。我记得昨晚你说过你有个儿子现在在海军,是吗?"

"是的,我的大儿子。他可是个好孩子——虽然我知道作为一个妈妈不应该这么自夸。我还有个儿子在空军,小儿子西里尔去法国打仗了。"

"哦,天哪,那你肯定担心得要命。"

塔彭丝想:

"哦,德里克,我亲爱的德里克……在这个混乱的鬼地方,我装得像个傻瓜,表达的却是真实的感情……"

她正义凛然地说:

"我们都要勇敢起来,对吧?让我们祈祷这一切都快点儿结束吧。前几天一个高层人员跟我说德国人撑不过两个月了。"

明顿小姐用力点着头,脖子上的珠链摇得叮当作响。

"是的,没错,我听说——"她压低声音,故作神秘地说,"希特勒病了——非常致命的病——八月份就会变疯。"

塔彭丝连忙答道:

"所有这些闪电战也只是希特勒的垂死挣扎。我觉得德国物资严重匮乏,工人都非常不满,整个纳粹会垮台的。"

"你们说什么?你们都在说什么?"

凯利夫妇来到阳台上。凯利先生一边焦急地问着,一边在一把椅子边坐了下来,他太太把一张小毯子盖在他膝盖上。他再次焦躁地问道:

"你们刚才在说什么?"

"我们在说,"明顿小姐说,"这场战争秋天就会结束了。"

"胡说,"凯利先生说,"这战争至少还要打六年。"

"哦,凯利先生,"塔彭丝说,"你该不会真这么想吧?"

凯利先生不放心地四处看了看。

"我怎么觉得,"他小声嘀咕着,"这儿有风?也许我把椅子挪到墙角会好一些。"

凯利先生的搬迁工作开始了。他妻子是个脸上写满焦虑的女人,生活中的唯一目标就是满足凯利先生的各种需求,一会儿铺垫子一会儿放毯子,还时不时地问:"这样可以吗,阿尔弗雷德?你觉得这样行吗?你是不是要戴上太阳镜?今天早上的阳光很刺眼。"

凯利先生烦躁地说:

"不,不,别大惊小怪的,伊丽莎白。你把我的围巾拿来了吗?不是,不是,是我那条丝绸的围巾。唉,算了,这个也行——只此一次。可这么围着让我的喉咙发烫,这羊毛,这强光——得啦,你还是把另外那条拿过来。"他的注意力又回到了公共话题上,"没错,"他说,"我觉得是六年。"

他愉快地听那两个女人抗议完,然后说:

"你们女士就喜欢一厢情愿。我了解德国。可以说,我对德国了如指掌。退休前,我因为业务关系,经常在德国各处跑,柏林、汉堡、慕尼黑,我都十分了解。我敢跟你们保证,有俄国做后盾,德国几乎能无限期地支撑下去——"

凯利先生得意扬扬地大吹大擂,声音时高时低,抑扬顿挫,直到他妻子拿来丝绸围巾给他围在脖子上,这才停了下来。

斯普洛特太太抱着贝蒂走了出来,她把女儿放在地上,给她一只缺了个耳朵的毛织小狗和一件毛绒娃娃穿的夹克衫。

"给，贝蒂，"她说，"你给邦佐穿好出门散步的衣服，妈妈收拾一下就走。"

凯利先生还在嗡嗡地列举那些枯燥乏味的统计数字，贝蒂正忙着用自己的语言跟小狗邦佐说话，快乐的呢喃声不时地穿插在凯利先生的独白中。

这时，一只小鸟落在她身旁，她冲它伸出可爱的小手，还咯咯地笑着。小鸟飞走了，贝蒂看了看周围的人，清晰地说道：

"迪基。"然后非常满意地点点头。

"这孩子开始用一种很棒的方式学说话了。"明顿小姐说，"说'塔、塔'，贝蒂，'塔、塔'。"

贝蒂冷冷地看了看她，说：

"格卢克！"

然后她硬是把邦佐的一条腿塞进羊毛外套里，蹒跚着走到一把椅子那儿，拿起垫子，把邦佐推到后面，兴奋得咯咯直笑，还费力地说着：

"藏！哦、哦，藏！"

明顿小姐得意地替她做起了翻译：

"她喜欢捉迷藏，总是在藏东西。"随后她惊讶地大叫起来，表情夸张：

"邦佐在哪儿？邦佐在哪儿？邦佐会去哪里呢？"

贝蒂扑倒在地上，高兴极了。

凯利先生发现大家的注意力已然从自己讲的德国替代原材料的方法上转移开了，便表现出不高兴的样子，用力咳嗽了几声。

斯普洛特太太戴着帽子走了出来，抱起了贝蒂。

于是注意力又回到了凯利先生身上。

"你刚才说什么来着，凯利先生？"塔彭丝问道。

但是凯利先生受到了侮辱，冷冷地说：

"那个女人总爱扔下孩子，希望别人帮她照顾。亲爱的，我觉得我还是围上羊毛围巾比较好，太阳要被云彩挡住了。"

"哦，可是凯利先生，继续说吧，很有意思。"明顿小姐说道。

凯利先生平息了怒气，把羊毛围巾紧紧地围在瘦瘦的脖子上，又起劲儿地开讲了。

"正如我刚才所说，德国已经完善了制度——"

塔彭丝转向凯利太太，问：

"你对这场战争有何看法，凯利太太？"

凯利太太大吃一惊。

"哦，我怎么看？你是——你是什么意思？"

"你觉得战争会持续六年吗？"

凯利太太迟疑地说：

"哦，但愿别这么久。六年太长了，是吧？"

"没错，是很长。你自己是怎么想的呢？"

这个问题让凯利太太很惊恐，她说：

"哦，我——我不知道。我什么都不知道。阿尔弗雷德说要六年。"

"可你不这么认为？"

"哦，我不知道，这很难说，不是吗？"

塔彭丝燃起一股怒火。那个叽叽喳喳的明顿小姐，那个专横独裁的凯利先生，那个糊里糊涂的凯利太太——她的同胞就是这样一群人吗？那个面无表情、眼睛像煮过的醋栗似的斯普洛特太太，就比他们好吗？她，塔彭丝，在这儿又能发现什么呢？不用说，这些人当中没有一个——

她的思绪被打断了,她意识到身后的阳光投过来一个身影。她转过头。

佩伦娜太太站在阳台上,看着这几个人,眼神中含有某种东西——是轻蔑吗?是一种让人难堪的蔑视。塔彭丝心想:

"我得好好查查佩伦娜太太这个人。"

2

汤米正在和布莱奇利少校建立一种非常良好的关系。

"梅多斯,你击败过几个高尔夫球俱乐部,对吧?"

汤米承认自己很内疚。

"哈,我可以告诉你,什么都逃不过我的眼睛。太棒了。我们一定要一起打一场。你在这儿的高尔夫球场打过吗?"

汤米的回答是否定的。

"还不错——其实一点儿也不差。就是稍微小了一点儿,但是可以俯瞰大海的美景,而且向来人不多。听我说,今天早上跟我一起去,怎么样?我们可以打一场球。"

"非常感谢,我乐意去。"

"我得说你能来我很高兴,"他们爬那座小山的时候,布莱奇利说,"那个地方女人太多了,让人抓狂。真高兴我还有你这个同伴。你不能指望凯利——他就是个药罐子,只会说自己的身体状况,用过什么治疗方法,吃过什么药。要是他把自己那些小药盒扔了,每天出来走上十英里,他就能脱胎换骨。另一个男人是德尼姆,说老实话,梅多斯,我对他不太放心。"

"不放心?"汤米说。

"是的。你要相信我,难民这种人很危险,要是我有办法,就会把他们都拘留起来。安全第一嘛。"

"也许有点儿过激了吧。"

"一点儿也不。战争就是战争。而且我很是怀疑这位卡尔少爷。首先,很明显他不是犹太人;其次,他来这儿才一个月——注意,只有一个月——是在战争爆发之前。这有点儿可疑。"

汤米试探地问:

"那么你认为——"

"间谍——这就是他的小把戏!"

"可这一带并不是什么军事要地啊!"

"啊,老伙计,这正是他的狡猾之处!如果他在普利茅斯或者朴茨茅斯附近,就会受到监视的。可是在这么一个冷清的地方,没人会在意。不过这地方在海边,对吧?事实是,政府对那些外敌太宽容了,只要愿意,谁都能来这儿愁眉苦脸地说他兄弟被关进了集中营。你瞅瞅那个年轻人——浑身上下无一处不透着股傲气。他是个纳粹——这就是他的本质——纳粹。"

"我们这个国家真的需要一两个巫医。"汤米和气地说。

"呃,什么意思?"

"以便嗅出间谍的气息。"汤米严肃地解释道。

"哈,说得好——非常好。嗅出——没错,当然了。"

他们没再往下说,因为已经来到了俱乐部门前。汤米作为临时会员登记了名字,按规定缴纳了会费。他还被介绍给了一个神情茫然的老头儿。之后便和少校一起去打球了。

汤米是个中等水平的高尔夫球手,他很高兴地发现自己的水平跟这位新朋友玩正合适。少校赢了两分,得到一次发球权,这局面很令人开心。

"打得好,梅多斯,非常好——你运气不佳,用五号铁杆击球,最后时刻却改变了方向。我们得经常来玩。来,我给你介绍几个朋友,人都不错,只是有几个更像老太婆,你明白我的意思吗?啊,这是海多克,你会喜欢他的。他是个退休的海军军官,在我们那家旅馆附近的悬崖上有座房子,是我们这个地方的空袭预防队队长。"

海多克中校是个高大健硕的男人,饱经风霜的脸庞,深邃的蓝眼睛,说起话来就像在大喊。

他友善地和汤米打了个招呼。

"这么说你是在桑苏西给布莱奇利助阵的?他很高兴有个男伴儿。他快淹死在那个女人的世界里了,对吧,布莱奇利?"

"我可不是个讨女人喜欢的男人。"布莱奇利少校说。

"瞎说,"海多克说道,"她们不是你喜欢的类型——寄宿公寓里的老太婆,只会说闲话、织毛衣。"

"你把佩伦娜小姐忘了。"布莱奇利说。

"啊,希拉,她倒是个楚楚动人的女孩,不瞒你说,她确实很漂亮。"

"我有点儿担心她。"布莱奇利说。

"你这话是什么意思?梅多斯,喝点儿什么吗?你呢,少校?"

点过酒水之后,三个男人在俱乐部的长廊里坐了下来,海多克又问了一遍。

布莱奇利少校有些激愤地说:

"那个德国小子,她对他过于关注了。"

"你是说喜欢上他了?嗯,那就糟了。当然,他是个英俊的小伙子,可这也不行啊。这可不行,布莱奇利,我们不能让这种事发生。这是在跟敌人做交易。这些女孩——她们的情操哪儿去了?我们有大把像样的英国小伙子啊。"

布莱奇利说：

"希拉是个古怪的女孩，她不高兴的时候谁也不理。"

"西班牙血统，"中校说，"她父亲有一半西班牙血统，是吗？"

"不知道，我想这是个西班牙名字。"

中校看了一眼手表。

"新闻时间到了，我们进去听听吧。"

那天的新闻很少，和早报上登出来的差不多。中校对空军最新的战绩做了一番赞许式的评论——一流的士兵，狮子般勇敢——继续侃侃而谈自己的理论：德国迟早会在利汉普顿登陆。他的论点是这个地方不是战略要地。

"这地方连高射炮也没有！太丢人了！"

他没再深究下去，因为汤米和少校要赶回桑苏西吃午饭了。海多克盛情邀请汤米去看看他的小房子。"走私者落脚点"，"风景很美——我自己的海滩——家里有各种便利的小物件。改天带他过来，布莱奇利。"

大家说好汤米和布莱奇利少校第二天晚上去海多克家喝酒。

3

午饭后是桑苏西的安静时光。忠诚的凯利太太伺候着凯利先生去"休息"了。布伦金索普太太则和明顿小姐去补给站，打包裹、写地址，准备寄往前线的物资。

梅多斯先生悠闲地踱着步来到利汉普顿，沿海滨道走着。他买了几支香烟，在史密斯商店停住脚，买了最新一期的《潘趣》，之后犹豫片刻，才上了一辆写着"老码头"的公共汽车。

老码头位于海滨广场的尽头,大多数房产代理人都知道这个地方很不受欢迎。老码头属于西利汉普顿,人们很少考虑这个地方。汤米花了两便士,在码头上溜达。这里很不起眼,风侵雨蚀,每隔很远一段距离才会有一台死气沉沉的一便士自动售货机,也见不到什么人,只有几个小孩子跑来跑去尖声叫唤,和海鸥的鸣叫声遥相呼应。还有一个人孤零零地坐在码头尽头钓鱼。

梅多斯先生走过去,低头凝视着水面,然后,他轻声问道:"钓到鱼了吗?"

钓鱼人摇了摇头。

"不怎么上钩,"格兰特先生卷了卷鱼线,头也不回地说,"你怎么样,梅多斯先生?"

汤米说:

"没什么可报告的,先生,我正在融入他们的圈子。"

"很好。跟我说说。"

汤米坐在旁边一个系缆绳的桩子上,这里能看到码头的全景,然后说:

"我想我进行得还算顺利,你大概有桑苏西入住客人的名单吧?"格兰特点点头,"现在还没有什么情况要报告,我和布莱奇利少校建立了友谊,今天早上一起打过高尔夫。他好像是个典型的普通退伍军官,如果有什么问题的话,那就是太过典型了。凯利好像真的是一个过分担心自己身体健康的疑心病患者,不过这也很容易假扮,他自己也承认这几年经常待在德国。"

"这一点很重要。"格兰特简短地说。

"还有德尼姆。"

"没错,不用我说你也知道,梅多斯,德尼姆是我最感兴趣的一个人。"

"你认为他是'N'？"

格兰特摇摇头。

"不，我不这么认为。以我之见，N不可能是个德国人。"

"甚至不是逃避纳粹迫害的难民？"

"对。他们知道我们在监视国内所有的外国人。而且——我私底下跟你说，贝尔斯福德——十六岁到六十岁的所有外国侨民都要被拘留起来。不管我们的对手知不知道实情，他们都能预料到这种事可能会发生，所以绝对不会拿负责人的脑袋冒这个险的。因此，N必须是一个中立国的人，或者表面上就是英国人。当然，同样，M也是。我对德尼姆的想法是这样的。他可能是这条线索链上的一个中间环节，N或M也许不在桑苏西，但我们可以顺着卡尔·范·德尼姆这条线找到我们的目标。在我看来这非常有可能。我觉得桑苏西的其他住客不太可能是我们要找的人，所以更加觉得德尼姆可疑。"

"我想您或多或少审查过他们了，先生？"

格兰特叹了口气——是一种急促的、苦恼的叹息。

"没有，这正是我不可能做到的。我可以很轻易地让情报部监视他们——可我不能冒险，贝尔斯福德。因为，你知道，奸细就在部门内部。一旦发现我关注桑苏西，不管出于什么原因，他们都会警觉起来。所以你来到了这儿，你是局外人。因此无法得到我们的帮助，只能暗中行事。这是我们唯一的机会——我还不能冒险惊动他们。只有一个人，我能调查他。"

"是谁，先生？"

"就是卡尔·范·德尼姆。这很容易，例行公事而已。我可以去调查他——不是从桑苏西的角度，而是从敌国侨民的角度。"

汤米好奇地问：

"然后呢?"

一丝奇怪的微笑浮现在对方脸上。

"这位卡尔先生就像他自己说得那样,父亲因为行为不当被逮捕,后来死在了集中营里;他的哥哥们也都在集中营;一年前他母亲因为悲伤过度也去世了。战争开始前一个月,他逃到了英国。德尼姆声称自己很想帮助这个国家。他在一个化学研究实验室里做得很出色,对某种毒气的免疫研究和去除污染的实验给予了极大的帮助。"

汤米说:

"那么他没有问题了?"

"不一定。我们的德国朋友出了名的严谨。如果德尼姆是被派来英国的间谍,那么他的档案资料必须跟他所说的完全吻合。这里有两种可能:一个可能是德尼姆的所有家人都是布局的一部分——在纳粹的苦心经营下不是没有可能,另一个是他并非真正的卡尔·范·德尼姆,只是在假扮这个人。"

汤米缓缓地说:"明白了。"然后又说了句不相关的话:

"他看上去是个很好的年轻人。"

格兰特叹了口气,说:"他们是这样的——几乎都是这样。我们这行是一种奇特的生活,我们尊重对手而他们也尊重我们。要知道,你往往会喜欢对手,甚至是在你尽力打倒他的时候。"

一阵沉默,汤米正在思考战争的奇异之处,格兰特的声音打断了他的思绪。

"但是还有一些人我们既不会尊重也不会喜欢——他们就是我们队伍中的叛徒——为了从外国侵略者那里得到高官厚禄,他们愿意出卖自己的国家。"

汤米颇有感触地说:

"上帝啊，我赞成你说的，这就是卑鄙小人的诡计。"

"最后落得个惨败的下场。"

汤米满腹狐疑地问道：

"难道真的会有这种——这种卑鄙小人吗？"

"到处都是。就像我跟你说得那样，在我们部门，在战斗部队，在议会中，在高高在上的部长。我们要把他们揪出来——必须揪出来！而且还要快。不能从底层做起——那些小人物，在公园演讲的人，散布小道消息的人，他们不知道谁才是大头儿。我们要找的那些大人物才是那些罪大恶极的人——如果我们不及时找出这些人，他们就会造成很大的危害。"

汤米自信地说：

"我们会及时找到的，先生。"

格兰特问：

"你为什么这么说？"

汤米说：

"你刚才说的啊——我们必须把他们揪出来。"

格兰特拿着鱼线转过身来，仔细地看了看他的下级，再次注意到对方下巴上那些硬朗的线条，这让他对所见之人产生了一种新的喜爱和欣赏。他平静地说道：

"好人啊。"

然后又说：

"这里住着的那几个女人呢？有没有什么地方让你觉得可疑？"

"我觉得这家店的老板娘有点儿怪。"

"佩伦娜太太？"

"是的。你对她——完全不了解吗？"

格兰特慢条斯理地说：

"我可以去查查她的资料,但是就像我跟你说过的,这是有风险的。"

"没错,最好不要心存侥幸。总之,我只觉得她一个人是可疑的。那儿还有个年轻的妈妈、一个爱大惊小怪的老小姐、疑心病患者那个没脑子的妻子,还有一个样子吓人的爱尔兰老太婆。表面上看都不是危险人物。"

"就这些,是吗?"

"不,还有个布伦金索普太太——三天前到的。"

"嗯?"

汤米说:"布伦金索普太太是我妻子。"

"什么?"

格兰特的嗓门因为惊讶而不由得提高了。他猛地转过身,眼神犀利而愤怒。"我想我跟你说过了,贝尔斯福德,一个字也不能跟你妻子说!"

"说得没错,先生,我是没说。请你听我解释——"

汤米简短地叙述了一下事情的经过。他不敢看对方,十分小心地尽量不让自己的声音透露出内心的骄傲。

讲完之后,两人陷入沉默。接着,对方发出一阵怪异的动静。格兰格在大笑,而且笑了好几分钟。

他说:

"我要向她脱帽致敬!她真是个百里挑一的人才!"

"我同意。"汤米说。

"我要是告诉伊斯特汉普顿,他也会大笑的。他警告我别落下你妻子,不然就会被她打败。我没听他的。不过这件事也说明了得多么小心才行。我以为自己已经做到了万无一失,不会被偷听。我事先弄清楚了只有你和你妻子在家,清楚地听到了电话里让你妻子立刻赶过去的声音,而且——而且还被'门砰地响了一下'这种简单老套的把戏给骗了。没错,你妻子,是个聪明的女人。"

他沉默片刻,接着说道:

"可否请你转告她,我认输了?"

"那么,现在她能加入了吗?"

格兰特先生做了个鬼脸。

"不管我们愿不愿意,她都已经参与进来了。请告诉她,如果她肯屈尊跟我们共事,情报部将不胜荣幸。"

"我会告诉她的。"汤米咧嘴一笑。

格兰特一本正经地说:

"我想,你无法说服她回去待在家里吧?"

汤米摇摇头。

"你不了解塔彭丝。"

"我想我开始了解她了。我刚才那么说是因为——呃,这是个危险的任务。要是他们发现你或者她……"

下面的话他没有说完。

汤米严肃地说:"我完全明白,先生。"

"但我觉得就算是你也不能劝服她避开危险。"

汤米缓缓说道:

"我不知道自己是不是真想这么做……我和塔彭丝不会那么做的。我们做事一向是——一起行动!"

他脑海中回忆起了上次战争快结束时说的那句话,是在几年前:共同冒险……

这就是他和塔彭丝的生活,过去是,将来也是——共同冒险……

第四章

1

晚饭前,塔彭丝走进桑苏西的休息室,里面只有一个人,就是伟岸的欧罗克太太,她正坐在窗户旁边,看起来像是一尊巨佛。她和蔼可亲、活力四射地跟塔彭丝打着招呼。

"啊呀,那不是布伦金索普太太吗!你和我一样,也喜欢在晚饭前先在这儿坐一会儿。这房间挺不错的,天气好的时候把窗户打开就闻不到油烟味儿了。太可怕了,到处都是这种味儿,尤其是在炖洋葱或者卷心菜的时候。坐下吧,布伦金索普太太,告诉我你是怎么度过这美好的一天的,还有你觉得利汉普顿如何。"

塔彭丝觉得欧罗克太太身上有种邪恶的魅力。她有点儿像记忆中童话故事里的食人魔,大大的块头,低沉的嗓音,不加掩饰的胡须,眼窝深陷,两眼发光,看上去比常人高大得多,确实像极了儿时想象中的妖怪。

塔彭丝回答说她觉得自己会喜欢利汉普顿的,在这儿很开心。

"就是说,"她用一种伤感的语调补充道,"这种可怕的焦虑总是压在我心头,待在这个地方我已经算快乐的了。"

"啊,别老担心了,"欧罗克太太安慰她说,"你的儿子们会平安无事地回到你身边的,你要相信这一点。我记得你说过,其中一个在空军?"

"是的,是雷蒙德。"

"他现在在法国还是英国?"

"他上一封信里说现在在埃及——并不是直说的,我们有自己的小暗号,你明白我的意思吗?就是某些话表示某个意思。我觉得这么做比较合理,你说呢?"

欧罗克太太立刻回答道:

"当然合理,这是母亲的特权。"

"是的,你知道,我觉得我得知道他在哪儿。"

欧罗克太太点了点她那佛像似的脑袋。

"我完全赞同。如果我有个儿子在外面,我也会用同样的方式瞒过信件审查员。我会这么做的。你另外一个儿子呢,在海军?"

塔彭丝热情地讲起了道格拉斯的英雄故事。

"你瞧,"她大声说道,"三个儿子不在身边,我都不知道该怎么办好。以前他们从来没有一起离开家过。他们对我都很好,我真觉得比起母亲这个角色,他们更把我当成是朋友。"她难为情地笑了,"有时候我不得不骂一骂他们,才能让他们离开我到外面走走。"

("我听上去真像个让人讨厌的女人。"塔彭丝心想。)

她继续大声说:

"我真不知道该做些什么、该上哪儿去。我伦敦的房子租期到了,续租的话太傻了,我想要是能去个安静的地方,当然火车要方便——"她打住了话头。

佛像又点了点头。

"我完全同意你说的。现在伦敦可不是个好地方。啊,太压抑了！我在那儿住过很多年，你知道，我是个古董商人，你也许知道我在切尔西科纳比街上的店铺吧？门上写着'凯特·凯莉'，我那儿还有很多漂亮的玩意儿——哦，很漂亮——大都是些玻璃器皿，沃特福德的，科克的——都很精致。枝形吊灯、枝形烛台、盛潘趣酒的大酒杯，等等，什么都有。还有外国的器皿。还有小家具——不是什么大物件，某个时期的小东西，大都是胡桃木和橡木做的。哦，很可爱的东西。我有几位很不错的顾客。可是战争一爆发，什么都付诸东流了。幸亏我停业了，损失不大。"

塔彭丝脑海中闪过一些模糊的记忆。一家满是玻璃器皿的商店，东西多得走路都不方便，一个巧舌如簧、引人注目的大块头女人。没错，她去过那家店。

欧罗克太太还在说着：

"我可不是那种喜欢抱怨的人——不像这儿的某些人。凯利先生就是其中一个，总是围着围巾啊披肩啊，发牢骚说他的事业垮了。当然会垮，现在在打仗。还有他那个太太，大气都不敢哼一声。还有那个小不点斯普洛特太太，总是替她丈夫大惊小怪的。"

"他在前线吗？"

"他可不在，只是个可有可无的保险公司小职员，害怕空袭，所以战争一开始就把他太太送到这儿来了。听着，我认为担心孩子的安危是没错的——真是个可爱的小家伙——但是斯普洛特太太呢，丈夫已经尽量经常来看她了，可她还是这么焦躁……整天絮叨亚瑟肯定想死她了。不过要我说，亚瑟才没那么想她——也许他另外有事要做呢。"

塔彭丝小声说道：

"我真的很为这些母亲难过。让孩子们离开你，就会忍不住担心,可要是跟他们一起走呢,那留在家里的丈夫又该难过了。"

"啊,是的!两边跑是挺花钱的。"

"这个地方的价钱还算公道。"塔彭丝说。

"是的,我得说这钱花得值。佩伦娜太太是个会当家的人。不过这女人有点儿古怪。"

"怎么说?"塔彭丝问道。

欧罗克太太眨眨眼,说:

"可能你会觉得我这人爱说三道四,这倒是真的。我对所有的同胞都很感兴趣,所以我才经常坐在椅子上看着人们进进出出,谁在阳台上,花园里发生了什么事。我们说到哪儿了?啊,对,佩伦娜太太,说她古怪。她的生活肯定是大起大落的,不然就是我大错特错了。"

"你真这么想?"

"当然。她神秘着呢!我问过她:'你是从爱尔兰哪个地方来的?'你能相信吗,她没说实话,声称自己根本不是从爱尔兰来的。"

"你觉得她是爱尔兰人?"

"她当然是爱尔兰人。我了解自己国家的女人。我能说出她是从哪个郡来的。但是,瞧!'我是英国人,'她说,'我丈夫是西班牙人——'"

欧罗克太太突然打住了话头儿,斯普洛特太太走了进来,后面紧跟着汤米。

塔彭丝立即摆出一副活泼轻快的样子。

"晚上好,梅多斯先生,今晚你看上去精神不错啊。"

汤米说:

"多运动了一会儿,这就是我的秘诀。早上打高尔夫,下午在海滨大道上走走。"

斯普洛特太太说：

"下午我带着宝贝去海滩了，她想去海里玩，可是我觉得水太冷了，我帮她用沙子堆了个城堡，结果一条狗叼着我织的东西跑了，把毛线团扯出了好远。把前面所有的针脚都接好实在是太难了，真讨厌。我织得又不好。"

"你那顶盔式帽子织得还不错嘛，布伦金索普太太，"欧罗克太太的注意力忽然转到了塔彭丝身上，"你织得挺快的，可明顿小姐说你不怎么熟练呢。"

塔彭丝的脸有点儿红了。欧罗克太太的眼神可真尖。塔彭丝略带烦恼地说：

"我确实织过很多东西，我也是这么跟明顿小姐说的。不过我觉得她比较喜欢指导别人吧。"

大家都笑着表示同意。几分钟后其余的人来了，开饭的铃声也响了起来。

吃饭时的话题转到了间谍上面，那些著名的古老故事又一次被提起。胳膊健硕的修女；传教士打开降落伞降落，着陆后说的话完全不像个神职人员该说的；一个奥地利厨师在卧室烟囱里藏了个无线电收音机……所有这些都发生在或者差点儿发生在在座的七姑八姨或者远方表亲身上。于是很自然说到了第五纵队，并痛斥了英国法西斯、共产党、和平党以及拒服兵役的人。这类谈话很普通，几乎每天都能听到，然而，塔彭丝却在敏锐地观察他们说话时的表情和举止，试图抓住一些能泄露秘密的表情或言辞。但是她一无所获。希拉·佩伦娜没有加入这场谈话，不过这也许是因为她平时就很沉默寡言。她坐在那儿，褐色的脸庞带着叛逆的神情，阴郁地沉思着。

卡尔·范·德尼姆今晚出去了,所以大家可以无拘无束地聊天。

晚饭快吃完的时候,希拉才第一次开口说话。

斯普洛特太太刚刚正在尖声尖气、抑扬顿挫地说着:

"我觉得德国人在上次战争中所犯的一个巨大的错误就是枪毙了护士卡维尔[①],这件事激起了民愤,所有人都反对他们。"

就是在那个时候,希拉猛地回过头,用一种年轻人惯有的激动语气说道:"为什么不应该枪毙她?她是个间谍,不是吗?"

"哦,不,她不是间谍。"

"她帮英国人逃离敌对国。从德国的角度来看,这是一回事,那为什么不应该枪毙她?"

"可是,枪毙一个女人——还是个护士。"

希拉站了起来。

"我认为德国人做得很对。"她说。

她从落地窗走进花园。

餐后甜点——包括一些不熟的香蕉和蔫了的橘子——在餐桌上摆了好一阵子了。然而大家都站起身,去休息室喝咖啡。

只有汤米趁人不注意溜进花园里,发现希拉·佩伦娜正倚在阳台的矮墙上凝望着大海。他走过去,在旁边站住脚。

从她那急促的呼吸声中可以知道她此时一定烦恼至极。他递过去一支香烟,她接了过来。

他说:"美好的夜晚。"

女孩的声音低沉而紧张:

"本来可以……"

[①]艾迪丝·卡维尔(Edith Cavell),英国护士,比利时护理学校暨附设医院创办人。曾于一战期间在战场服务,一九一五年被俘,被德国射击小组枪决。

汤米疑惑地看着她，忽然感受到了女孩散发出的魅力与生机。她身上有种激荡的活力，一种不可抗拒的力量。他觉得她是那种很容易就能让男人头脑发昏的女孩。

"你的意思是，要是没有发生战争的话？"

"我不是这个意思，我恨这战争。"

"我们都一样。"

"跟我不一样。我恨那些关于战争的虚伪言辞，那种自以为是——可怕的爱国主义。"

"爱国主义？"汤米吃了一惊。

"是的，我恨爱国主义，你明白吗？动不动就是什么国家、国家、国家！背叛国家——为国牺牲——报效祖国。为什么一个人的国家就意味着一切？"

汤米简短地回答："我不清楚。事实如此。"

"我不这么想！哦，对你可能是这样的——你跑去国外，借着大英帝国的名义又买又卖，回来之后就铁青着脸夸夸其谈，动不动就说印度人、印度酒啊什么的。"

汤米温和地说：

"亲爱的，希望我没那么坏。"

"也许我有点儿夸张——但你知道我的意思。你信任大英帝国，并且——并且——愚蠢地相信要为自己的国家奉献生命。"

"我的国家，"汤米干巴巴地说，"似乎并不急于让我为它牺牲。"

"是的，可你想这么做。然而这太愚蠢了！没有什么事值得去死。这不过是种空想——只是说说而已，虚幻的泡沫——好高骛远的白痴行为。对我而言，我的国家什么都不是。"

"有一天，"汤米说，"你会惊讶地发现它对你的重要性。"

"不，绝对不会。我已经受够了——我已经见识过了——"

她说不下去了，忽然转过身，冲动地问道：

"你知道我的父亲是谁吗？"

"不知道。"汤米来了兴致。

"他叫帕特里克·马奎尔。他——他是一战中凯斯门特[①]的追随者，以叛国罪被枪杀。一切都是徒劳！为了一个信念——他跟其他爱尔兰人一起工作。为什么他就不能安安静静地待在家里做自己的事情呢？对一些人来说他是个烈士，可对另一些人而言，他却是个叛国者。可我只是觉得他——笨到家了！"

汤米感到女孩心中积压已久的反抗情绪正在奔涌而出。他说：

"所以，这种阴影一直伴随你长大？"

"有阴影很正常。妈妈改名换姓，我们在西班牙住了几年。她总说我父亲是半个西班牙人。我们走到哪儿都是谎话连篇。我们走遍了整个欧洲大陆，最后来到这儿开了这家旅馆。我觉得这是我们做过的最糟糕的事。"

汤米问道：

"你妈妈对这些事是怎么想的？"

"你是说——关于我父亲的死？"希拉沉默了片刻，皱着眉头，不知如何回答。最后，缓缓说道："我一直都不知道……她从来都不说这些。要弄明白我妈妈想什么可不简单。"

汤米若有所思地点了点头。

希拉忽然说道：

"我——我不知道自己为什么要跟你说这些。我太激动了。

[①] 凯斯门特（Roger Daivd Casement, 1864—1916），爱尔兰民族独立运动的领导人，一战期间起义时被英国政府逮捕绞死。

刚才是怎么说到这儿的?"

"艾迪丝·卡维尔。"

"哦,对——爱国主义。我说我恨它。"

"难道你不记得卡维尔护士说的话了吗?"

"什么话?"

"她临死之前说的。你不知道她说了什么吗?"

他重复了一遍:

"爱国主义是不够的……我必须做到心中无恨。"

"哦。"她愣在了那儿。

然后,迅速转过身,消失在花园的黑暗之中。

2

"所以你瞧,塔彭丝,这样就都说得通了。"

塔彭丝沉思着点点头,此时的海滩上空无一人,她斜靠防波堤站着,而汤米则坐在上面,从这个角度看过来,那些在海滨广场上散步的人一览无余。旅馆那些人今天上午会在什么地方,他查得一清二楚,倒不是说他想看到什么人。不管怎么说,他跟塔彭丝的密会给人一种纯属偶然的印象——女方大喜过望而他自己则略显吃惊。

塔彭丝说:

"佩伦娜太太?"

"没错,她是 M,不是 N。她符合各种条件。"

塔彭丝再次沉思着点点头。

"对,她是爱尔兰人——是欧罗克太太发现这一点的——她自己并不承认。在欧洲各地往来很多次,把名字改成佩伦娜,来到这儿开了这家店。这是个很好的伪装——全都是些令人讨厌却无足轻重的人。她的丈夫因叛国罪被枪杀——她有充分的动机在这个国家组织第五纵队。没错,是吻合的。你觉得那女孩也参与了吗?"

汤米断然说道:

"绝对没有,不然她不会跟我说这些的。你知道,我——我觉得自己这么做有些卑鄙。"

塔彭丝点点头,表示完全理解。

"是的,会有这种感觉。从某种意义上讲,这是份卑鄙的工作。"

"可这是必须的。"

"哦,当然了。"

汤米有点儿脸红,说:

"我跟你一样不想撒谎。"

塔彭丝打断了他。

"我不介意撒点儿谎。老实说,我从自己的谎言中得到了很多艺术层面上的乐趣。让我郁闷的正是那些忘记撒谎的时刻——呈现出真实自己的时刻——这样只会出现一种结果。"她顿了顿,继续说道,"这就是昨天晚上发生在你身上的事——跟那女孩说话的时候,她对那个真正的你做出了回应——这也是你难过的原因。"

"我觉得你说得对,塔彭丝。"

"我知道,因为我也遇到了同样的事——对于那个德国男孩。"

汤米说:

"你对他有什么看法?"

塔彭丝飞快地说:

"要是你问我，我认为他跟此事无关。"

"格兰特觉得他可疑。"

"你的那个格兰特啊！"塔彭丝的语气变了，她哧哧地笑了，"我真想看看你跟他说起我时，他的表情。"

"好歹他也正式道过歉了。你正式加入到这项工作中来了。"

塔彭丝点点头，但她似乎有点儿走神。

她说：

"你记不记得上次战争之后——我们追捕布朗先生的时候？多有意思啊，我们多激动啊，你还记得吗？"

汤米点点头，脸色发亮。

"当然记得！"

"汤米——为什么现在不一样了？"

他思考着这个问题，镇静的脸严肃起来。然后他说：

"我想这是年龄问题。"

塔彭丝尖锐地说：

"你该不会觉得——我们太老了吧？"

"不，我们当然不老。只是——这一次——不会那么有意思了。其他方面都一样。这是我们参加的第二次战争——而这次我们感觉很不一样。"

"我知道。我们看到了战争的悲惨和破坏力，之前我们太年轻了，还不懂思考这些。"

"正是。上次战争的时候，我有时会感到害怕——出生入死，有几次差点儿没命。但也有高兴的时候。"

塔彭丝说：

"我想德里克也是这么觉得的吧？"

"老太婆，你还是别惦记他了。"汤米建议道。

"你说得对，"塔彭丝咬牙切齿地说，"我们还有工作要做。我们得完成任务。我们继续吧。我们在佩伦娜太太身上发现什么疑点了吗？"

"我们至少可以说她很可疑。你发现其他可疑人物了吗，塔彭丝？"

塔彭丝想了想。

"没有。我到了这儿做的第一件事，就是把他们每个人都仔细评估了一番，就是估计了一下各种可能性。有几个人完全不可能。"

"比如？"

"呃，比如明顿小姐，那个'地道'的英国老小姐，还有斯普洛特太太和她女儿贝蒂，还有那个呆呆的凯利太太。"

"话是这么说，不过呆傻是可以装出来的。"

"哦，这倒是，不过那个大惊小怪的老小姐和那个眼里只有自己孩子的年轻妈妈，这种角色很容易演过火——可这两个人很自然。而且，斯普洛特太太还有个孩子。"

"我想，"汤米说，"即使再隐秘的间谍也可能有个孩子。"

"不会带着孩子一起工作的，"塔彭丝说，"这可不是那种能带上孩子的工作。这一点我很肯定，汤米，我了解。你会让自己的孩子远离这种危险的。"

"好，算你说得对。"汤米说，"撇开斯普洛特太太和明顿小姐不说，凯利太太这个人我还是不太确定。"

"嗯，她也许有这个可能，因为她做得的确过分了。我是说很少有女人像她那么愚蠢。"

"我经常注意到女人成为全职主妇之后智力就下降了。"汤米嘀咕道。

"你是在哪儿注意到的?"塔彭丝查问道。

"不是从你身上,塔彭丝。你还没有全身心奉献到那个地步。"

"作为一个男人,"塔彭丝和蔼地说,"你生病的时候还不至于那么大惊小怪的。"

汤米把话题转到了探讨可能性的问题上。

"凯利,"汤米若有所思地说,"这个人有点儿可疑。"

"嗯,可能吧。那欧罗克太太呢?"

"你对她怎么看?"

"我也不太清楚。她挺烦人的,如同猛兽,如果你懂我意思的话。"

"嗯,我想我懂。但我觉得她就是那种喜欢欺压别人的女人。"

塔彭丝慢慢地说:

"她——喜欢观察。"

她想起了欧罗克太太说她织毛衣的那段话。

"然后是布莱奇利少校。"汤米说。

"我跟他没怎么说过话。毫无疑问,他已经被你收服了。"

"我觉得他是个普通的、名副其实的老式军人。我就是这么认为的。"

"就是这样,"塔彭丝说,好像是在强调汤米的话,而不是按自己的意思来回答问题,"最糟糕的是,非要把普普通通的正常人扭曲,让他们符合自己变态的要求。"

"我试探过布莱奇利少校几次。"汤米说。

"怎么做的?我也考虑来几次试探呢。"

"哦,就是一些很普通的小陷阱——问一些时间和地点,类似这样的。"

"你能不能说得详细点儿?"

"哦,比如我们在说打鸭子的事。他提到了法尤姆——某年某月在那儿打猎,玩得很好。还有一次,我在一个与之前完全不同的语境中提到了埃及、木乃伊、图坦卡蒙啊什么的,然后问他见没见过,什么时候去的,并核对他前后的回答。再比如我说到了'半岛及东方船运公司',提起其中一两条船的名字,还说坐着很舒服。于是他就说起了某次航行。之后我再去核对。都是一些无关紧要的事,或者一些不会引起他警惕的事,只是为了考察他的话是否准确。"

"那么迄今为止他都没有露出任何马脚吗?"

"一次也没有。不过我跟你说,塔彭丝,这是种很不错的测试方法。"

"没错,不过我觉得如果他就是N,那他肯定早就把自己的经历记熟了。"

"哦,是的,主要的部分应该不会有问题,但往往会在一些不重要的细节上犯错。而且,有时候记得过多——比常人应该记住的东西多很多——也是个漏洞。一个正常人不可能对他究竟是一九二六年还是一九二七年打过猎这种问题脱口而出的。他们得想一想,回忆一下才行。"

"那么目前看来,你还没抓到布莱奇利少校的什么把柄吗?"

"他的行为举止反应都很正常。"

"结果就是——否定的。"

"正是。"

"现在,"塔彭丝说,"我跟你说说我的想法。"

于是,她便说了起来。

3

在回旅馆的路上，布伦金索普太太在邮局停留了一会儿。她买了些邮票，出来之后走进一个公共电话亭，拨了个号码找"法拉第先生"。这是她跟格兰特先生说好的联络方法。稍后，她微笑着走出电话亭，漫步走向旅馆，路上还停下来买了些毛线。

那是一个风和日丽的下午，原本活力十足、走路飞快的塔彭丝，为了配合布伦金索普太太这个身份，尽量放慢了脚步。除了织毛衣（织得不太好）和写信给儿子，布伦金索普太太几乎终日无所事事。她总是在给儿子写信——有时候还会把写了一半的信到处乱扔。

塔彭丝慢腾腾地爬上小山，朝桑苏西走去。因为这并不是一条穿山路（路尽头是"走私者落脚点"，海多克中校的房子），来往车辆一向不多——只在上午的时候会有商人的小货车经过。塔彭丝路过一幢幢房子，饶有兴致地看着那些名字：贝拉·维斯塔①（这名字起得并不准确，因为在那儿只能瞥见一点儿大海的景色，大部分都被路对面的维多利亚式大建筑给挡住了），然后是"卡拉奇"，接下来是"雪莉塔"，再往后是"海景"（这次比较名副其实）、"克莱尔城堡"（有些言过其实了，因为只是幢小屋子而已），还有"特里罗尼"——跟佩伦娜太太的旅馆旗鼓相当。最后就是桑苏西那幢巨大的褐红色的房子了。

快到旅馆时，塔彭丝注意到门口站了个女人，正向里面窥视，看上去有些紧张，还有点儿警惕。

塔彭丝几乎是无意识地放轻脚步，小心翼翼地踮起脚走

---
① 维斯塔有全景、远景的意思。

过去。

直到塔彭丝走到她身后,那女人才听到声音,吃惊地转过身来。

这个女人个子高高的,衣衫破旧,甚至可以说寒酸,她的脸却与众不同。她不算年轻——可能不到四十岁——但是她的脸跟她的衣服形成了一种鲜明的对比。她一头金发,宽颧骨,年轻时一定很美——当然现在也不差。有那么一刻,塔彭丝觉得这女人的脸似曾相识,但这感觉很快消失了。她心想,这是一张令人印象深刻的脸。

那个女人显然吓了一跳,脸上一闪而过的警觉表情并没有逃过塔彭丝的眼睛。(有什么古怪吗?)

塔彭丝说:

"对不起,你在找人吗?"

那女人说话很慢,带有外国口音,每个字都说得非常谨慎,就好像是在背诵一样。

"这房子是桑苏西吗?"

"是的,我就住在这儿。你是不是要见什么人?"

女人顿了顿,说:

"请告诉我,这儿有位罗森斯坦先生吗?"

"罗森斯坦先生?"塔彭丝摇摇头,"恐怕没有。也许他以前在这儿住过,现在走了。要我帮你问问吗?"

可是那个奇怪的女人飞快地做了一个拒绝的手势,说道:

"不……不用。我搞错了,对不起。"

然后她飞快地转过身,迅速跑下山了。

塔彭丝站在那儿凝视她的背影。出于某种原因,她疑心顿起。这个女人的举止和言谈明显有矛盾之处,塔彭丝觉得"罗森斯坦先生"根本就是编造出来的,只是那个女人脑子里冒出来的第一个名字罢了。

塔彭丝犹豫片刻,朝山下走去,就像是所谓的"第六感"驱使她去追那女人的。

没走两步塔彭丝就停了下来。跟踪会惹人注意的,自己跟那女人说话的时候,很明显正要走进桑苏西,如果再去追踪她,就会引起猜疑,让人觉得布伦金索普太太并不像表面上看起来那样。换句话说,如果这个奇怪的女人确实是敌人阴谋的一个组成部分。

不,她必须把布伦金索普太太这个角色扮演到底。

塔彭丝转身向山上走去,进了桑苏西,在前厅停了停。像平时的午后一样,里面一个人也没有。贝蒂在午睡,大人们不是在休息就是出门了。

塔彭丝站在昏暗的前厅里回想着刚才的遭遇,就在这时,一个微弱的声响传入她的耳朵。这种动静她太熟悉了——"叮铃"声。

桑苏西的电话放在前厅里,塔彭丝刚才听到的声音是拿起或者放下电话分机的听筒时发出的。佩伦娜太太的卧室里就有一部分机。

换作是汤米也许会犹豫,但塔彭丝想也没想就轻轻地、小心翼翼地拿起了听筒放在耳边。

有人在分机上说话,是个男人的声音:
"一切进行顺利。那么,按计划,第四。"
一个女人的声音说:"好,继续做吧。"
咔嗒一声,听筒被放下了。
塔彭丝皱着眉头站在那儿。是佩伦娜太太的声音吗?只听到这几个字很难判断。要是再多听见几句对话就好了。当然这可能是很普通的一次对话，因为她偷听到的这几个字什么问题也说明不了。

门口一个黑影遮住了光线。塔彭丝心中猛地一动，放下了电话。是佩伦娜太太。

"今天下午天气这么好，你这是要出门吗，还是刚刚回来，布伦金索普太太？"

所以，刚刚在佩伦娜太太房间里打电话的那个不是她本人。塔彭丝喃喃地说去散了散步心情很好之类的话，然后上了楼梯。佩伦娜太太跟在她身后，看上去比平时更高大。塔彭丝意识到她是个强壮而敏捷的女人。她说：

"我得把东西放下。"说罢就匆匆上了楼。转过楼梯平台的拐角时，正和欧罗克太太撞了个满怀。欧罗克太太那庞大的身躯堵住了楼梯上面的路。

"哎呀，布伦金索普太太，你看起来很匆忙啊。"

她并没有挪向一旁，只是居高临下站在那儿，对塔彭丝微笑，那笑容跟往常一样含有某种可怕的意味。

忽然，毫无来由地，塔彭丝感到一阵恐惧。

这个大块头爱尔兰女人，面带微笑、声音低沉，堵住了她的去路，而下面楼梯上的佩伦娜太太则紧跟在自己身后。

塔彭丝回头扫了一眼，佩伦娜太太仰起的脸庞好像有种威胁的神态。荒唐，她暗自想到，太荒唐了。光天化日之下，在这个普通的海滨旅馆，能有什么事发生？但这房子太安静了。鸦雀无声。而她自己一个人被这两个女人夹在了楼梯中间。况且，欧罗克太太的笑容确实有点儿怪异——显得恶狠狠的。塔彭丝抑制不住地想着："就像抓老鼠的猫。"

然而就在这时,紧张的气氛消失了。一个小小的身影尖声叫着笑着沿着楼梯顶端跑了下来。小贝蒂穿着背心和短裤,从欧罗克太太身旁绕过去,兴奋地大喊大叫着扑进塔彭丝怀中。

气氛瞬间变了。欧罗克太太变成了和蔼可亲的大块头,大声说道:

"啊,小宝贝!都长这么大了!"

下面的佩伦娜太太已然转身走到厨房门口。塔彭丝拉着贝蒂的手,从欧罗克太太身边走过去,沿着走廊来到斯普洛特太太的房间。斯普洛特太太在房间里正要责怪偷跑出去的女儿。

塔彭丝和孩子一起走了进去。

里面充满了家庭的气息,这让她产生了一种奇怪的安心的感觉——到处是孩子的衣服、毛绒玩具,还有涂了漆的儿童床,梳妆台上的镜框中是斯普洛特太太那张温顺但姿色平平的脸。斯普洛特太太嘟嘟囔囔地抱怨洗衣的价格太贵,她真心觉得佩伦娜太太拒绝让房客用自己的电烙铁太不公平了——这一切都那么正常、那么普通、那么令人安心。

然而,刚才,在楼梯上时就不一样了。

"神经过敏,"塔彭丝心想,"就是神经过敏!"

然而,真的是神经过敏吗?有人在佩伦娜太太房间里打过电话。是欧罗克太太吗?这确实很古怪。肯定是为了不让其他人听到才这么做的。

塔彭丝想,对话肯定没说几句,是寥寥数言的交谈。

"一切进行顺利。按计划,第四。"

或许这不能说明什么——或许说明很多问题。

第四。是个日期吗?比如,某个月的四号。

或者是第四个座位,或者是第四根路灯杆,或者是第四防波堤——无法确定。

也可以认为是福斯铁路桥,一战时就曾经有人试图炸毁那座桥。

会有什么意思吗?

当然也很有可能只是打个电话确定一个再普通不过的约会。也许佩伦娜太太对欧罗克太太说过,如果想打电话可以去她房间里打。

由此,刚才楼梯上的那种气氛,紧张的片刻,也许是因为她自己过度紧张了……

安静的旅馆,那里有种不祥的、邪恶的感觉……

"从事实着手,布伦金索普太太,"塔彭丝严厉地说,"然后继续你的工作。"

第五章

1

事实证明,海多克中校是个亲切友好的主人。他热情地欢迎了梅多斯先生和布莱奇利少校,坚持要带他们参观"我的那幢小房子"。

"走私者落脚点"原先是海岸警卫队队员的两座小别墅,坐落在可以俯瞰大海的悬崖之上。下面有一个小海湾,但是入口处危险重重,只有那些富有冒险精神的年轻人才敢进去。

后来,这两幢别墅被一个伦敦商人买了下来,两处并作一处,还草草地建了个花园,房主偶尔会在夏天回来小住。

再后来,这房子空置了很多年,里面只有几件家具,出租给夏天来玩的游客。

"几年前,"海多克解释说,"卖给了一个叫哈恩的德国人,依我看,他就是个间谍。"

汤米立马竖起了耳朵。

汤米一直在啜饮雪利酒,这会儿他放下了杯子,说道:"有意思。"

"见鬼,这些家伙想得倒是周全,"海多克说,"那时候他们就开始准备了——至少我是这么想的。瞧瞧这儿的地势,由这里往海上发信号是最理想的了。下面的小海湾可以供汽艇登陆。由于悬崖陡峭,这里与外界完全隔绝。哦,没错,千万别跟我说哈恩那家伙不是德国间谍。"

布莱奇利少校说:

"他当然是。"

"后来他发生了什么事?"汤米问。

"啊!"海多克说,"这其中大有文章。哈恩在这幢房子上花了大笔的钱。首先,他修了一条通向海滩的路——水泥台阶——相当贵。其次,他把这房子重新装修了一遍——豪华浴室,还有你能想象到的所有的昂贵玩意儿。他找谁来装修呢?不是当地人,据说是伦敦一家公司,不过很多都是外国人,有些人一句英语也不会说。你不觉得这相当可疑吗?"

"确实有点儿古怪。"汤米表示同意。

"我当时就住在附近的一幢平房里,对这个家伙所做的事很感兴趣,所以经常在周围徘徊,观察那些工人。我跟你们说——他们不乐意——很不乐意看见我在那儿。还威胁过我一两次。要是一切都光明正大,他们为什么那么做?"

布莱奇利赞同地点点头。

"你应该报告给政府。"他说。

"我就是这么干的,老兄。还因为老缠着他们而遭人讨厌来着。"

他又给自己倒了一杯酒。

"而我的一片苦心又换来什么呢?礼貌的拒绝。他们装聋作哑。当时我们国家就是这样。他们认为再次跟德国发生战争的可能性为零——我们跟德国的关系很好,两国之间相互体谅。我被看成是个老傻瓜,一个战争狂热分子,一个顽固不化的老兵。德国正在欧洲建设最优秀的空军,不是为了到处飞着玩儿、吃野餐,可你对他们指出这些又有什么用呢?"

布莱奇利少校激动地说:

"没人相信!该死的傻瓜!'我们处在一个和平的年代,实行绥靖主义。'一派胡言!"

海多克强忍怒火,脸比平时更红了,他说:

"他们叫我'战争贩子'。他们说我这个老家伙阻碍了和平。和平!我知道我们那位哈恩朋友在搞什么!别忘记这点:他们早就开始准备了。我认定那个哈恩没干好事,我讨厌他那帮外国工人,我讨厌他在这个地方大手大脚花钱的做派,于是我见人就说这些事。"

"一位英雄!"布莱奇利赞赏道。

"终于,"中校说,"我引起人们的注意了。这儿新来了一位警察局局长——是个退役军人。我的话他听进去了,于是他的手下开始到处查探。当然,哈恩跑了。一天晚上他溜了出去,踪迹全无。警察带着搜查令仔细检查了这个地方,结果在餐厅里发现了一个十分隐蔽的保险柜,里面有一台无线电发报机和一些损坏严重的文件。在车库下面还发现了一个很大的储藏间——里面有很多储油罐。告诉你们,当时我得意极了。俱乐部那些家伙过去经常笑话我有德国间谍情结,这件事之后他们都闭嘴了。这个国家的问题是根本不会怀疑别人,太荒谬了。"

"这简直是在犯罪。傻瓜——我们都是——傻瓜!为什么不把那些难民都拘留起来?"布莱奇利少校已然跑题了。

"故事的结局就是,房子出售的时候被我买了下来。"中校继续说道,不愿岔开自己津津乐道的话题,"到处走走怎么样,梅多斯?"

"好的,谢谢。"

海多克中校带领他们参观他的房子,热情得像个孩子。他打开餐厅里的保险箱,给他们看发现秘密发报机的地方;还带汤米去了车库看藏匿大汽油罐的位置;之后又粗略地看了那两个漂亮的浴室、特殊照明灯以及各式各样的厨房用具。最后他带着汤米沿着陡峭的水泥台阶走到下面的小海湾,又说了一遍整个设计在战争期间对敌人来说是多么有用。

汤米还被带到了一个洞里,这幢房子的名字便是因这山洞而起。海多克热情地指出它在过去有什么用处。

布莱奇利并没有跟他们一起去,而是静静地坐在阳台上品尝着雪利酒。汤米推断,成功追捕间谍的故事肯定是这位绅士日常谈话的主要内容,他的朋友们肯定听过很多次了。

事实上,在他们回桑苏西的路上,布莱奇利少校说到的跟他想的一样。

"海多克是个好人,"他说,"但他总喜欢抓住一件事不放。这个故事我们听了一遍又一遍,听得都厌烦了。他得意于自己破案的技巧,就像老猫看见小猫一样。"

这个比喻并不算牵强,汤米微笑着表示赞同。

然后话题就转到了一九二三年,布莱奇利少校成功识破了一个不老实的送信人的故事。汤米专心想着自己的心事,只是不时应付地说些"不会吧?""真的吗?""这事真离奇!"之类的话,而这就是布莱奇利少校所需要的鼓励方式。

现在,汤米比以往任何时候都更清楚地感觉到法夸尔临死前提到桑苏西,这个方向是正确的。在这个远离喧嚣尘世的地方,敌人很早之前就开始准备了。德国人哈恩的到来,还有他那大规模的部署,都清晰地显示出敌人选择了海岸线上的这个特殊地点作为他们的聚集地和活动中心。

海多克无意中发现并粉碎了敌人的阴谋，第一个回合英国赢了。但是，如果"走私者落脚点"只是一个复杂的进攻计划的最前哨呢？换句话说，"走私者落脚点"代表的是海上交通枢纽。只有上面的那条小路才可以通往这片海滩，这是整个计划中的一个亮点。但这也只是计划的一部分。

海多克粉碎了这个计划的一部分，那么敌人有什么反应呢？他们会不会退而求其次——就是说，把据点放在桑苏西？哈恩的事情是在四年前暴露的。根据佩伦娜太太之前说过的话，汤米觉得这件事过了没多久，她就回到英国买下了桑苏西。下一步是什么呢？

不用说，利汉普顿已经成了敌人的活动中心，他们在周围做好了部署，建立了联系网。

他的心情开始好转，那个毫无用处、不好不坏的桑苏西所散发出的压抑感顿时荡然无存。表面看起来它是清白的，但这仅仅是表面现象。在这纯洁的假面背后，一场阴谋正在展开。

按照汤米的判断，问题的关键就在佩伦娜太太身上。首先要做的就是多了解她的情况，深入挖掘她经营寄宿旅馆这个简单而寻常的表面现象。她的往来信件，她的熟人，她的社交活动和战争期间的活动——这其中一定隐藏着她活动的实质。如果佩伦娜太太是那个知名的女间谍 M，那么，就是她操纵着第五纵队在这个国家的一切活动。人们对她的真实身份知之甚少——只有几个上层人物知晓。但她总要跟上级联系，而他和塔彭丝需要把联系的内容挖掘出来。

汤米清楚地看到，在适当的时候，桑苏西里的几个忠实走狗就会夺取并占领"走私者落脚点"。这一刻还没到来，但已为时不远。

一旦德国军队控制了法国和比利时的海峡港口，就可以集中火力侵略并征服英国，目前，法国的战况不妙。

英国的海军可以在海上叱咤风云，所以敌人必须从空中打击和布置内部奸细方面下手——如果佩伦娜太太手中掌握着内部叛徒的全部线索，那么就没时间可浪费了。

布莱奇利少校的话恰好呼应了汤米心中所想：

"你知道，我看出来事不宜迟，我抓住了阿布德尔，我的马夫——好家伙，阿布德尔——"

讲故事的声音在他耳边嗡嗡作响。

汤米心想：

"为什么是利汉普顿？有什么原因吗？这儿远离主流城市，是一潭死水，保守又落后。所有这些都符合敌人的标准。还有别的原因吗？"

城市后面大片平坦的农田通往内地，那儿有很多牧场，很适合运输部队的飞机或者伞兵部队降落。但其他一些地方也有这些便利条件。这儿还有一个很大的化学工厂，值得注意的是，卡尔·范·德尼姆就在里面工作。

卡尔·范·德尼姆，是合适的人选吗？当然是。就像格兰特指出的那样，他并不是真正的头儿，只是机器上的一个齿轮，很容易遭人怀疑，随时都会被拘留。但与此同时可能他也完成了任务。他曾经跟塔彭丝提过，他正在研究毒气的免疫问题，做一些去除污染的实验。所以存在这种可能性——人们不愿意去想的可能性。

汤米有些不情愿地认为卡尔有份参与。有点儿遗憾，因为他真的很喜欢这个家伙。他在为自己的国家工作——冒着生命危险。汤米尊敬这样的对手——虽然要千方百计制服他——结局就是死刑,但你接受任务的时候就已经清楚这一点了。

那些背叛国家的人——内奸——激起了他的怒火,一种报复性的情绪慢慢涌上来:他发誓一定要干掉他们!

"我就是这样抓住了他们!"布莱奇利少校得意扬扬地结束了自己的故事,"干得漂亮,嗯?"

汤米回答得一点儿也不难为情:

"这是我一生中听过的最妙的故事,少校。"

2

布伦金索普太太正在看一封国外寄来的信,信纸薄薄的,信封上盖有"信件审查员"的印章。

顺带说一句,这是她和"法拉第"先生那次通话后的成果。

"亲爱的雷蒙德,"她喃喃地说,"他在埃及很好,我太高兴了。现在似乎有大动静了,当然这些都是高度机密,他一点儿都不能泄露——只是说他们有个重大的计划,很快就能让我大吃一惊。知道他被派去了哪里我很欣慰,可我真的不明白为什么——"

布莱奇利嘟囔着说:

"他当然不能告诉你了。"

塔彭丝轻蔑地笑了笑,一边环视饭桌上的人,一边把她那封珍贵的信折了起来。

"哼,我们有自己的法子,"她狡猾地说,"我的雷蒙德明白,我只要知道他在哪儿、要去哪儿,就不会太担心。其实方法很简单。你知道,就是用某个特定的单词后面几个字的首字母拼出地名来。当然，有时候有的句子看着挺可笑的——但是雷蒙德聪明极了。我敢肯定没人能注意到。"

饭桌上一片窃窃私语声。时机把握得正好，所有人都在。

布莱奇利涨红了脸，说：

"请原谅，布伦金索普太太，不过这么做实在是太笨了。陆军和空军的行踪正是德国人想要知道的。"

"哦，可我绝对不会告诉任何人。"塔彭丝大声说道，"我可是非常、非常小心的。"

"可这么做还是很不明智——早晚有一天你儿子会惹上麻烦的。"

"哦，我可不希望他有什么麻烦。你知道，我可是他母亲，作为一个母亲应该知道这些事。"

"确实是这样，我觉得你说得对。"欧罗克太太高声说道，"我们都知道，你肯定会守口如瓶的。"

"信可能被人偷看。"布莱奇利说。

"我从来不会把信件到处乱放的，"塔彭丝生气地说，好像自尊受到了伤害，"我一向都把信锁起来！"

布莱奇利怀疑地摇着头。

3

这是个灰蒙蒙的早晨，海面上吹来一阵阵冷风，塔彭丝独自一人待在海滩尽头。

她从包里掏出两封信，是刚刚从城里的一个小报刊亭那儿拿来的。

信寄到这儿来用了很长时间，因为修改过地址，第二次是寄到斯彭德太太那儿的。塔彭丝喜欢隐藏自己的行踪,孩子们都以为她和一位老姑妈一起在康沃尔郡待着呢。

她打开第一封信。

亲爱的母亲:

有很多非常有趣的事想要告诉你,可我不能。我想我们就要大展拳脚了。早饭前来的五架德国飞机成了街谈巷议的话题。起初有些混乱,不过一切都会好起来的。

触动我的是他们用机枪扫射路上的行人。这让我们所有人都极为愤怒。格斯和特德朗斯让我替他们向您问好。他们仍然很强壮。

别为我担心。我很好。我不会错过这场好戏的。问"老胡萝卜头"好。爱他。战时委员会给他提供工作了没有?

你永远的

德里克

塔彭丝看了好几遍,眼睛里闪着明亮的光。

随后她打开第二封信。

亲爱的母亲:

格雷西老姑妈还好吗?身体怎么样?你能坚持跟她住在一起可真厉害,我可做不到。

没什么消息。我的任务很有意思,但这是机密,不能告诉你。但我真的感觉自己在做有意义的事。别为了没能参加战争工作而烦恼——有些年纪大的女人为了能做点儿事情而东奔西跑,这样实在太傻了。他们需要的只是年轻、有效率的人。不知道"胡萝卜"在苏格兰工作得如何？我猜也就是填填表格吧。不过，他肯定很开心自己能有事做。

深爱你的
黛伯拉

塔彭丝笑了。

她折好信，满怀慈爱地抚平信纸，然后躲在防波堤后划了一根火柴点燃了信件，直到烧成灰烬。

她拿出一支自来水笔和一个便笺本，飞快地写了起来。

朗赫尼

康沃尔郡

亲爱的黛伯①：

  这儿离战争太遥远了，我几乎感觉不到它的存在。收到你的来信，得知你的工作很有趣，这让我非常高兴。

  格雷西老姑妈越来越虚弱了，神志也不太清醒。我想她很高兴我在这儿陪着她。她说了很多往事，我猜她是把我当成我母亲了。他们种的蔬菜比以前多很多——玫瑰园被他们改成了土豆园。我有时候也会帮老赛克斯干些活儿。这让我觉得自己在战争期间也算做了些事情。你父亲似乎不太高兴，但是我想，正如你所说的，他也很乐意做些事情。

爱你的
妈妈 塔彭丝

---

①黛伯拉的昵称。

她又写了一封。

亲爱的德里克：

收到你的信我深感安慰。要是你没时间写信的话，就多给我寄点儿风景明信片。

我跟格雷西老姑妈住了一阵子了。她身体十分虚弱，她口中的你仿佛还只有七岁。昨天她给我十先令，让我给你当零用钱。

我仍然被闲置着，没人需要我那毫无价值的服务！真是奇怪！我跟你说过了，你父亲在军需部找到一份工作，如今在北方的某个地方。总比无所事事好，但这不是他想要的。这个可怜的老胡萝卜头。不过我觉得我们是应该谦虚一点儿，退居幕后，把打仗这种事留给你们这些年轻的傻瓜。

我不会对你说"保重"的，因为我知道你会反其道而行之。但是不要去犯傻。

深爱你的
塔彭丝

她把信装进信封，写好地址，贴上邮票，在回桑苏西的路上寄了出去。

快走到山脚下时，她注意到不远处有两个人在说话。

塔彭丝大吃一惊。是她昨天看见的那个女人，跟她讲话的是卡尔·范·德尼姆。

可惜周围没有能藏身的地方，她不可能走近几步偷听他们说话而不被发现。

然而就在这时，那个年轻的德国人扭过头看见了她。两个人迅速分开了。女人和对面的塔彭丝擦肩而过，匆匆忙忙向山下走去。

德尼姆则站在那儿，等塔彭丝走到他跟前，严肃而礼貌地向她道了早安。

塔彭丝立即说：

"跟你说话的那个女人样子很奇特，德尼姆先生。"

"是的，典型的中欧人。波兰人。"

"哦？你的朋友吗？"

塔彭丝的语气像极了年轻时的格雷西姑妈。

"不是，"卡尔生硬地说，"我之前从没见过这个女人。"

"哦，是吗，我以为——"塔彭丝拖长了声音。

"她只是向我打听件事。她听不太懂英语，所以我才跟她说德语。"

"明白了。她是在问路吗？"

"她问我认不认识一位住在附近的戈特利布太太。我说不认识，然后她说也许是她把房子的名字记错了。"

"是这样啊。"塔彭丝若有所思地说。

罗森斯坦先生。戈特利布太太。

她偷偷扫了一眼卡尔·范·德尼姆，他表情僵硬地在她身边走着。

塔彭丝加深了对这个陌生女人的怀疑，并且几乎可以确定，第一眼看见他们的时候，那女人跟卡尔已经说了一会儿话了。

卡尔·范·德尼姆？

那天早上的卡尔和希拉。

希拉说："你一定要小心。"

塔彭丝心想：

"真希望——希望这对年轻男女没有卷进来。"

心软，她跟自己说，中年人常有的心软！她就是这样的人！纳粹主义是年轻人的信仰，纳粹集团里绝大部分都是年轻人。像卡尔和希拉这样的年轻人。汤米说过希拉没有参与此事。有这个可能，但汤米是个男人，而希拉是个美人，美得让人窒息。

卡尔和希拉。他们背后是那个神秘人：佩伦娜太太。有时候她是个平庸的喋喋不休的旅馆老板娘，有时候，忽然又变成了一个悲伤的激进人物。

塔彭丝慢慢上了楼梯，回到自己的卧室。

那天晚上临睡前，她拉开书桌的长抽屉，侧面有一个小小的漆盒，锁着一把廉价的劣质小锁。塔彭丝戴上手套，开了锁，打开盒子。里面有一沓信。最上头的一封是那天早上收到的"雷蒙德"寄来的信。塔彭丝谨慎小心地打开信，两片嘴唇立刻紧紧地抿了起来。

今天早上她折信的时候，在里面放了一根睫毛，现在，睫毛不翼而飞。

她走到脸盆架那儿，上面有个贴着"灰色粉末"和剂量标签的瓶子。

塔彭丝手脚麻利地在信纸以及盒子光亮的漆面上撒了一点儿粉末，都没有指纹显示。

塔彭丝冷冷地点了点头，表示满意。

因为上面原本应该有指纹的——是她自己的。

仆人也许会出于好奇而看信，不过这不太可能——也不太可能大费周折地去配一把钥匙开锁。

而且，仆人也不会想到擦掉盒子上面的指纹。

是佩伦娜太太么？希拉？还是另有其人？总之是一个对英国军事行动感兴趣的人。

4

塔彭丝的计划其实框架很简单。首先，对间谍存在的概率和可能性做一个总体判断。其次，做个试验来测试桑苏西的住客中有没有人对军队的调遣感兴趣，并急于掩盖这个事实。最后，这个人是谁？

第二天一大早，还没到时间喝那种不冷不热的黑色液体，也就是所谓的"早茶"。塔彭丝躺在床上琢磨第三个问题，思路忽然被打断了，贝蒂·斯普洛特蹦蹦跳跳地跑了进来。

贝蒂很活泼，爱说话，还很喜欢塔彭丝。她爬上床，把一本破烂不堪的图画书推到塔彭丝鼻子底下，简洁地说道：

"多①。"

塔彭丝只好顺从地读了起来。

"母鹅，公鹅，去哪儿溜达？

"楼上，楼下，小姐的卧房。"

贝蒂高兴得在床上直打滚，兴高采烈地重复着：

"楼向②——楼向——楼向——"然后猛地大叫一声"下——"便咚的一声滚下床了。

她一直这么玩了好几次，直到玩腻了，便趴在地板上玩着塔彭丝的鞋，嘴里还咕哝着只有她自己能听懂的话：

"啊嘟——呸呸——嘘——嘘哈——扑哧——"

---

①应该是"读"，贝蒂发音不准。
②应该是"楼上"。

塔彭丝从困境中解脱出来，思考起自己的难题，把小贝蒂抛诸脑后。可那两句儿歌总是回响在脑中，仿佛在嘲笑她一般。

"母鹅，公鹅，去哪儿溜达？"

去哪儿溜达？母鹅是她，公鹅是汤米。起码从表面上看是这样！对于布伦金索普太太这个角色，塔彭丝打心眼儿里就瞧不起。不过，梅多斯先生还稍微好一点儿——呆头呆脑、刻板乏味的典型英国人——愚蠢得不可思议。她希望这两个人物跟桑苏西的背景是协调的，都是可能会出现在这种地方的人。

就算这样也不能有丝毫松懈——百密也有一疏。前几天她就犯了个错误——虽然不算严重，但足以警告她要万分小心了。一个不太会织毛衣、要向别人请教的平庸女人，这种角色比较容易跟别人建立起亲密而友好的关系。但是她疏忽了，一天晚上，她的手指无意中变得像平时那样熟练了，毛衣针织得咔咔作响，一看便知这是编织老手。欧罗克太太已经注意到了。从那以后，塔彭丝小心翼翼地采取了一种折中的方式——既不像先前那么笨拙，当然也要比实际上的慢。

"啊——不——美？"贝蒂开始反复问着，"啊——不——美？"

"很美，亲爱的，"塔彭丝心不在焉地说，"美极了。"

贝蒂满意了，又独自嘟囔起来。

塔彭丝心想，下一步比较容易，只要汤米配合。她已然计划妥当了……

她躺在床上谋划着，时间不知不觉地过去了。这时，斯普洛特太太气喘吁吁地跑进来找贝蒂。

"哦，她在这儿。我都不知道她去哪儿了。哦，贝蒂，你这淘气的孩子——哦，布伦金索普太太，真抱歉。"

塔彭丝坐起身，贝蒂正天真烂漫地凝视自己的杰作。

她把塔彭丝鞋子上的鞋带全都抽了出来，泡在漱口杯里，现在正用一根小指头戳着玩儿。

塔彭丝大笑起来，打断了斯普洛特太太的道歉。

"太有趣了！没关系的，斯普洛特太太，一会儿就干了。是我的错，我应该注意到的。她可是很安静呢。"

"我知道，"斯普洛特太太叹了口气，"孩子安静下来反倒是个不好的兆头。我上午再给你买几副鞋带吧，布伦金索普太太。"

"不用麻烦，"塔彭丝说，"干了就好了。"

斯普洛特太太抱着贝蒂走了，于是塔彭丝起床，开始实施计划。

第六章

1

汤米慎重地看着塔彭丝推到他面前的一包东西。

"是这个吗?"

"是的,小心点儿,别弄到你身上了。"

汤米小心地闻了闻,来了精神。

"嗯,确实得小心。这是什么东西这么可怕?"

"阿魏[①]。"塔彭丝回答,"就像广告上说的那样,要是沾上一丁点儿,你就会知道你男朋友为什么不再对你那么殷勤了。"

"有点儿狐臭的味儿。"汤米小声嘀咕道。

没多久,发生了好几件怪事。

第一件,是梅多斯先生房间里的怪味。

梅多斯先生性情随和,起初只是提一提这件事,之后的反应就越来越大了。

佩伦娜太太应邀参加了这次闭门会议。架不住所有人的一致反对,她只好承认确实有股味儿,难闻的味儿。她说也许是煤气罐漏气了。

---

①植物树脂,具有蒜样臭气,以前用作镇痛药。

汤米弯下腰，闻了闻，表示怀疑。他说他认为气味不是从那儿发出来的，也不是从地板下面传上来的。他认为肯定是一只死老鼠。

佩伦娜太太承认听说过这种事，但她敢肯定桑苏西是没有老鼠的。也许是一只小老鼠——但她从来没见过。

梅多斯先生斩钉截铁地说他认为就是老鼠的气味——而且，他补充说，语气更为坚决，如果不解决此事，这个房间他连一个晚上也不愿多住。他要求佩伦娜太太给他换个房间。

佩伦娜太太说，当然，她正打算这么做。只是桑苏西唯一的一间空房非常小，而且看不到海，不过要是梅多斯先生不介意的话——

梅多斯先生并不介意。他唯一的希望就是赶紧逃离那种怪味。于是，佩伦娜太太陪着他去了那个小房间。这里正好是布伦金索普太太的房间对门。佩伦娜太太让那个患有腺体肿大的、半痴半傻的女仆比亚特丽丝去"给梅多斯先生搬东西"。她还解释说，会找个工人掀开地板，找出气味的来源。

于是，事情得以圆满解决。

2

第二件事是梅多斯先生得了花粉病。一开始他是这么说的，后来就犹犹豫豫地承认也许只是感冒了。他不停地打喷嚏、流眼泪。梅多斯先生那块大大的丝绸手帕上总有一股淡淡的、似有似无的洋葱味儿，不过没人注意到这件事，因为上面喷洒了大量的古龙香水，盖住了刺鼻的气味。

最后，梅多斯先生实在受不了频繁的喷嚏和鼻涕，只好躺上床去休息了。

一天早上，布伦金索普太太收到了儿子道格拉斯寄来的一封信。她高兴至极、激动至极，所以旅馆里的每个人都知道了。她解释说，这信件压根儿就没有被检查过，因为很幸运，刚好是道格拉斯的一个朋友趁休假的时候捎过来的，所以这次道格拉斯写得非常详细。

"那么，这就说明，"布伦金索普太太洞悉一切似的摇着脑袋，"对于战事的进展情况，我们了解得太少了。"

早饭后，她回到楼上的卧室，打开漆盒，把信放进去，在折缝中撒了一点点不易使人觉察的粉，然后锁上盒子，又用手指使劲按了按盒子表面。

离开房间的时候她咳嗽了一声，对面的房间随即传来一阵响得夸张的喷嚏声。

塔彭丝微笑着走下楼梯。

她放出风来说要去伦敦待一天——去找律师处理一些事，再买点儿东西。

房客们都热情地来为她送行，还请她帮忙办些事——"当然，要是你有空的话。"

布莱奇利少校躲开唠叨不休的女人们，一个人看着报纸，还时不时地大声评论："该死的德国猪！用机关枪扫射街上的平民和难民。畜生！要是我当指挥的话——"

塔彭丝出门的时候，他还在规划着如果由他来指挥的话会怎么做。

塔彭丝绕进花园里，问贝蒂·斯普洛特是否想要她从伦敦带个什么礼物来。

贝蒂正欣喜若狂地双手抓着一只蜗牛咯咯直笑。塔彭丝问：

"一只猫咪？图画书？画画的粉笔？"贝蒂想了想，说："贝蒂画画。"于是，塔彭丝的购物清单上多了"彩色粉笔"一项。

她走上花园尽头的小路、拐进汽车道的时候，意外地遇到了卡尔·范·德尼姆。他靠墙站着，双拳紧握，见塔彭丝走了过来，便转过头，平日里冷漠的面孔因为激动而变得扭曲起来。

塔彭丝不由得停了下来，问道：

"出什么事了吗？"

"啊，是的，全都出问题了。"他的声音沙哑而不自然，"你们有句话说，'驴非驴、马非马'，对吗？"

塔彭丝点点头。

卡尔继续痛苦地说道：

"我就是这样的人。再也不能这么下去了，不能这样了。我觉得，最好结束一切。"

"你这话什么意思？"

年轻人说：

"你跟我说话一直很温和，我觉得你会理解我。我逃离了自己的国家，是因为受到了不公正的残酷迫害。我来到这儿寻找自由。我憎恨纳粹主义。但是，唉，我仍然是个德国人，这是个无法改变的事实。"

塔彭丝轻声说道：

"我知道，你肯定有难处——"

"不是这个。告诉你吧，我是个德国人，我的内心、我的情感仍然是属于德国的。德国是我的祖国。当我在报纸上看到德国的城市遭受轰炸，德国的士兵战死沙场，德国的飞机被击落坠毁——死去的都是我的同胞。当那个好战粗暴的少校老头子念报纸的时候，当他说'这些猪'的时候——我简直怒火中烧——我再也受不了了。"

接着,他平静地说:

"所以,我想最好是,结束所有这一切。是的,结束掉。"

塔彭丝用力抓住他的胳膊。

"瞎说。"她坚定地说,"你当然会有这种感觉。谁都会这样的。可是,你必须坚持住。"

"我真希望他们能拘留我。这样更好过一点儿。"

"没错,也许是的。可你现在正在做有用的工作——是我听说的。不仅仅对英国有用,对全人类都有用。你正在研究去污问题,对吧?"

他的脸色有些缓和。

"啊,是的,开始取得进展了。我研究出来的方法很简单,易于生产,使用起来也不复杂。"

"所以,"塔彭丝说,"这是有价值的工作。任何能减轻痛苦的事情都是有意义的——建设性的而非破坏性的事。当然,我们会骂自己的敌人。不过在德国,情况也一样。有成千上万个布莱奇利少校骂人骂得吐沫横飞。我自己也恨德国人。'德国鬼子。'我说,心里头一阵阵的厌恶。但是我想到一个个具体的德国人——焦急等待儿子消息的母亲,离开家奔赴战场的儿子,收割庄稼的农民,小店的店主,还有一些我认识的很好的德国人——心里的感受就不同了。我知道,他们和我们一样,都是人。我们的感觉都是相似的。这才是真实的感觉。其他的只不过是战争带给我们的,是战争的一部分——也许是必不可少的一部分——但这只是暂时的。"

说这话的时候,她想起了卡维尔护士的话,就像汤米当时的感受一样。"爱国主义是不够的……我必须做到心中无恨。"

这个忠贞爱国的女人所说的话,被他们两个人尊奉为牺牲精神的最高准则。

卡尔·范·德尼姆拉起她的手,吻了吻,说:

"谢谢你。你说得很好也很对,我一定要坚强起来。"

"唉,天哪,"塔彭丝下了山,向城里走去的时候,想道,"在这个地方,我最喜欢的人竟然是一个德国人,太糟糕了,太不切实际了。"

3

塔彭丝最大的优点就是细致周全。尽管不想去伦敦,但她觉得既然说了,还是去一趟的好。如果她只是随便找个地方过一天,要是被人看见,传到桑苏西就麻烦了。

不,布伦金索普太太说过去伦敦,那就得去。

她买了张三等车的往返票,刚离开售票窗口,就看见了希拉·佩伦娜。

"嗨,"希拉说,"你去哪儿?我刚去查了个包裹,好像是投错地方了。"

塔彭丝说了自己的目的地。

"哦,对,当然,"希拉漫不经心地说,"我记得你说过的,但没想到是今天。我送你上火车吧。"

今天的希拉比平时活跃一些,没有了往日的坏脾气和闷闷不乐,愉快地跟塔彭丝闲聊一些桑苏西的琐事。火车离站了,她还没停口。

塔彭丝隔着窗户跟女孩挥手道别,看着女孩的身影渐渐消失,然后坐在角落的位子上陷入了沉思。

她猜度着,在车站、在那个时候遇到希拉,是巧合还是敌人精心设计的结果?还是佩伦娜太太想搞清楚总爱喋喋不休的布伦金索普太太是否真的去了伦敦?

很有可能。

4

直到第二天塔彭丝才跟汤米见了面。他们商量好,绝对不能在桑苏西里面交换信息。

布伦金索普太太跟梅多斯先生见面那天,是梅多斯先生的花粉病稍有起色、正在海滩散步的时候。两个人在散步场的一条长椅上坐了下来。

"怎么样?"塔彭丝问道。

汤米缓缓地点了点头,看上去很不高兴。

"嗯,"他说,"我得到一些消息。可是,天哪,这一天过得可真是糟糕,没完没了地往门缝外面偷看,脖子都僵硬了。"

"别在乎什么脖子了,"塔彭丝无情地说,"告诉我你得到什么信息了。"

"好吧。当然,女仆进了你的房间整理床铺。佩伦娜太太也进去过——不过那时候女仆们都在,她是去冲她们发火的。那个小孩也跑进去一次,出来的时候拿着一只毛线狗。"

"嗯嗯。还有别人吗?"

"还有一个。"汤米慢条斯理地说。

"谁?"

"卡尔·范·德尼姆。"

"天!"塔彭丝感到一阵痛苦。那么,终究——

"什么时候？"她问。

"午饭的时候。他很早就出了餐厅，上楼去了自己房间，然后溜进走廊来到你的房间。他在里面待了一刻钟左右。"

他顿了顿。

"这就解决了，是吗？"

塔彭丝点点头。

没错，水落石出了。卡尔·范·德尼姆偷偷走进布伦金索普太太房间，并在里面待了一刻钟，只能有一个目的。他是同谋，这一点已然得到证实。塔彭丝心想，他肯定是个演技高超的演员……

那天早上他说的话听起来那么真诚。也许从某种意义上说，这些话是真的。知道什么时候说真话才是欺骗的最高境界。毋庸置疑，卡尔·范·德尼姆是个爱国者，他是个为自己国家工作的间谍。这一点值得尊重，但是，也必须毁灭他。

"我很难过。"她说得很慢。

"我也是。"汤米说，"他是个不错的年轻人。"

塔彭丝说：

"如果我跟你都是德国人，也会这么做的。"

汤米点点头，塔彭丝又说：

"好了，现在我们多多少少知道些线索了。卡尔·范·德尼姆和希拉还有她母亲一起工作。也许佩伦娜太太是他们的头儿。昨天那个跟德尼姆说话的外国女人，也有份参与。"

"现在我们该怎么办？"

"我们必须找时间去佩伦娜太太的房间检查一下，或许能发现一些线索。而且我们还得跟踪她——看看她去哪儿，见了什么人。汤米，我们叫艾伯特过来吧。"

汤米考虑着她的建议。

几年前,艾伯特还是一家旅馆的门童,不过已经跟年轻的贝尔斯福德夫妇一起工作、共同进退了。后来他加入了他们的部门,成为里面的骨干。六年前,他结了婚,现在是伦敦南部"鸭狗"酒馆的老板。

塔彭丝又飞快地说了起来:

"艾伯特肯定很激动。我们请他过来,他可以住在车站附近的那家旅馆里,可以替我们监视佩伦娜——或者其他人。"

"那艾伯特太太怎么办?"

"上星期一,为了躲避空袭,她带着孩子去威尔士看望她妈妈了。真是太巧了。"

"好,是个好主意,塔彭丝。无论你还是我去监视那个女人都会引起怀疑的。艾伯特则非常合适。现在,还有一件事——我认为我们得小心那个所谓的波兰女人,就是跟卡尔说话、老在这附近闲逛的女人。也许她是这次行动中对方派来的,而这也是我们急需找到的线索。"

"哦,是的,是的,我完全同意你说的。她来这儿等待指示,或者通风报信。下次再看见她,你或者我都要跟着她,找出更多关于她的资料。"

"怎么搜查佩伦娜太太的房间?还有卡尔的?"

"我觉得在他房间里找不出什么来,毕竟,他是个德国人,警察很可能先去搜他的房间,所以他一定非常小心,不会留下什么可疑的东西。佩伦娜的房间则比较难办。她出门的时候,一般希拉都会待在房间里。还有贝蒂和斯普洛特太太,经常到处乱跑,而欧罗克太太总是待在房间里不怎么出来。"

她顿了顿。"午饭时间最好。"

"就是卡尔进你房间的那个时间？"

"没错。我可以假装头疼，回房间休息——不行，那样的话，会有人过来照顾我的。我知道了，我还是在午饭前就悄悄离开餐厅回房，等午饭过后再说我头疼。"

"让我来做是不是更好一些？也许我的病可以在明天复发。"

"我想还是我来吧。要是被人发现了，我可以说是在找阿司匹林之类的药。佩伦娜太太的房间里突然出现一个男房客会更加引人怀疑。"

汤米咧开嘴笑了。

"像是一桩丑闻。"

随后他收起笑容，一脸的严肃和焦急。

"越快越好，老婆子。今天的形势不好。我们必须赶紧行动。"

5

汤米继续散步，没多久就到了邮局。他进去给格兰特先生打了一个长途电话，报告说"最近的行动很成功，我们的朋友C绝对脱不了干系"。

之后，他写了一封信寄出去。地址是：肯宁顿格拉摩根大街，鸭狗酒馆，艾伯特·巴特先生收。

发完信，他又买了一份号称可以向英国人报道未来到底会发生什么事的周刊，然后便像什么事都没发生过似的向桑苏西缓步走去。

没走多久便遇上了海多克上校。上校从那辆双座轿车里探出脑袋，热情地喊道：

"嗨，梅多斯，要搭车吗？"

汤米感激地接受了邀请，上了车。

"原来你也在看这玩意儿？"海多克瞥了一眼《每周新闻爆料》那大红色的封皮，问道。

读这种很有争议的周刊的人在受到质疑的时候，都会有些许的困惑。汤米也露出这种表情。

"这玩意儿糟透了，"他表示同意，"但是，你知道，有时候他们好像确实知道内幕消息。"

"有时候，他们说得是错的。"

"哦，就是。"

"事实是，"海多克中校左冲右突地绕过单行线上的安全岛，差点撞上一辆大货车，"人们只记得那些破报纸说对了的时候，说错的时候全都忘光了。"

"你认为斯大林接洽我们的传言是真是假？"

"痴心妄想，伙计，那只是我们的痴心妄想，"海多克中校说，"俄国佬狡猾至极，他们一向这样。听说你病了，是吗？"

"只是花粉病。每年这个时候我都要病一次。"

"这样啊。我从来没得过这种病，但我有个朋友就像你这样。每年六月就会卧病在床。你恢复得如何？能不能打一场高尔夫？"

汤米说他非常乐意。

"很好。那明天怎么样？我跟你说啊，我得去参加一个关于反伞兵射手的会议，在本地招募一些志愿者——依我说，这可是个好主意。是大家都贡献自己力量的时候了。那，明天六点左右如何？"

"非常感谢，我很愿意去。"

"太好了，就这么说定了。"

中校在桑苏西门口紧急停下车。

"美丽的希拉姑娘还好吗?"

"我想,应该很好。我跟她也不经常见面。"

海多克哈哈大笑起来。

"我敢打赌,她过得没那么好。女孩长得漂亮,但是太粗鲁,太关心那个德国小子了。要我说,简直太不爱国了,该死。我敢说,像你我这种老头子自然是没什么用,但是我们国家有那么多好小伙儿,为什么要跟一个该死的德国鬼子搅在一起?这种事真让我恼火。"

梅多斯先生说:

"当心,他就在我们后面呢。"

"我才不在乎他听没听见。听见了更好。我还想从后面踢这个卡尔先生一脚呢。正派的德国人都在为自己的国家战斗——而不是鬼鬼祟祟地躲到这儿来!"

"呃,"汤米说,"只不过是不正宗的日耳曼人侵略英国而已。"

"你是说,他已经到这儿来了?哈哈,说得好,梅多斯!倒不是说我相信这些关于侵略的鬼话。我们从来没被人侵略过,将来也不会!我们有强大的海军呢,感谢上帝!"

说完爱国宣言,中校一踩离合器,汽车便猛地向山上的"走私者落脚点"疾驶而去。

6

两点差二十分,塔彭丝回到了桑苏西。她离开汽车道,穿过花园,从客厅敞开的窗户中走进房间。空气中飘来爱尔兰炖菜的气味,碗碟交错的声音,还有人们低低的说话声。桑苏西的午饭总算开始了。

塔彭丝站在客厅门口,一直等到女仆玛萨穿过门厅走进餐厅,才脱掉鞋子飞快地跑上了楼。

她进了自己的房间,换上软底的家用拖鞋,然后沿着楼梯平台进了佩伦娜太太的房间。

她环视四周,心里产生了一种厌恶的感觉。这可不是什么好工作。要是佩伦娜太太仅仅是佩伦娜太太,而非间谍,那窥探别人的隐私真是不可原谅了——

塔彭丝像一只不耐烦的猎犬那样摇了摇头,好像要把这些幼稚的想法甩掉似的。这是战争期间!

她走到梳妆台前。快速而灵巧地把抽屉里的东西都检查了一遍。在那个高五斗橱上,有一个抽屉上了锁,似乎大有文章。

情报部给汤米配发过一些工具,他受过几天训练,知道如何使用,并且教给了塔彭丝。

她的手腕熟练地扭动了两下,抽屉就开了。

里面有个钱箱,装了二十英镑纸币、几堆银币、一个珠宝盒。此外还有一大堆文件。最后一样才是塔彭丝最感兴趣的东西。她快速浏览一番。不过只能粗略地瞥两眼,来不及细看了。

这些文件包括桑苏西的抵押契据、银行账单、信件。时间飞逝,塔彭丝看得很快,拼了命地想找到一些可能会有双重含义的语句。有两封信是一个意大利朋友寄来的,说的都是一些不着边际、东拉西扯的事情,似乎没什么可疑。但也有可能不像表面上那么无关紧要。还有一封信,是一个叫西蒙·莫蒂梅尔的人从伦敦寄来的——内容枯燥无味、一副公事公办的语气。塔彭丝不明白为什么要留着这封信。难道这个莫蒂梅尔先生真的像表面上这么简单吗?在这堆信的最下面,有一封字迹已经褪色、署名为帕特的信,开头这样写道:"这是我写给你的最后一封信了,亲爱的艾琳——"

不,不!塔彭丝受不了读这种东西。她折好信,放回信件的最下面,并且整理了一下。这时,她忽然警觉起来,把抽屉推进去——来不及锁上了——与此同时,门开了,佩伦娜太太走了进来,于是塔彭丝胡乱翻找着脸盆架上的小瓶子。

布伦金索普太太那张惊慌而傻乎乎的脸转向了她的房东太太。

"哦,佩伦娜太太,请原谅,我头疼得要命,本来想吃点阿司匹林在床上躺着,可是怎么都找不到药,所以想过来你这里拿几片,希望你不会介意——前几天我看到你拿给明顿小姐吃,所以知道你这里有。"

佩伦娜太太飞快地走进房间,尖声说道:

"哦,当然。可是布伦金索普太太,为什么你不先问我一下?"

"呃,当然,是的,我是想问你来着。但是我知道你们都在吃午饭,你知道,我真的不想大惊小怪的——"

佩伦娜太太从塔彭丝身边走过去,从脸盆架上拿起一个装有阿司匹林的小瓶子。

"你要几片?"她爽快地问道。

布伦金索普太太要了三片,然后由佩伦娜太太陪着走回了自己的房间,并匆忙拒绝了为她弄个热水袋的建议。

离开房间时,佩伦娜太太撂下一句话:

"但是你自己有阿司匹林啊,布伦金索普太太,我看见过。"

塔彭丝赶紧说道:

"啊,我知道,我知道我还有一点,但是我太蠢了,不记得随手放在哪儿了。"

佩伦娜太太说话时,大白牙在嘴唇中间一闪。

"哦,那你好好休息,下午茶的时候再见。"

她走了出去,随手关上门。塔彭丝深吸一口气,直直地躺在床上,生怕佩伦娜太太再回来。

她怀疑什么了吗?那些牙齿,那么大、那么白——恨不得一口吃了你。老天。每次看到那些牙齿,塔彭丝都忍不住这么想。佩伦娜太太的手也很大,看上去很可怕。

对于佩伦娜太太的出现,塔彭丝表现得似乎很自然,可是过后她就会发现五斗橱上的抽屉没有锁。那她会怀疑吗?或者她会以为是自己不小心忘了上锁?人们常常会这么做。塔彭丝有没有把信件摆放得跟以前一样?

当然,就算佩伦娜太太发现丢东西了,她更有可能去怀疑仆人而非这个布伦金索普太太。而且如果真对后者起了疑心,会不会认为只是出于单纯的好奇心而已?塔彭丝知道,有的人就爱管闲事、窥探隐私。

但是,如果佩伦娜太太真的是那个出了名的德国间谍 M,就会怀疑这是反间谍的举动了。

她刚才的举止有没有显得过分警觉?

她看上去非常自然——只是那句关于阿司匹林的话很尖锐。

突然,塔彭丝从床上坐了起来。她记起自己的阿司匹林是跟一些碘酒和一瓶苏打一起放在写字台抽屉后面的。那会儿她刚到这里,打开行李后就扔在那个地方了。

由此看来,她并不是唯一偷偷溜进别人房间的人。佩伦娜太太已然先她一步。

第七章

1

第二天,斯普洛特太太去了伦敦。

刚说了两句试探性的话,桑苏西的几个房客便热烈响应,愿意帮她照看贝蒂。

斯普洛特太太反复叮嘱贝蒂要做个听话的孩子,然后便离开了。塔彭丝承担了上午照顾小孩的任务,贝蒂一直黏着她。

"玩,"贝蒂说,"玩捉迷藏。"

她说话越来越清楚了,并且还有一个可爱的习惯,就是跟人说话的时候喜欢歪着脑袋,露出迷人的微笑,还小声说着"亲①"。

塔彭丝原本打算带她去散步的,但外面下起了大雨,所以她们两个只好转移到了贝蒂的卧室。贝蒂拉着塔彭丝来到五斗橱最下面的抽屉前面,里面全都是她的玩具。

"把狗狗邦佐藏起来,好不好?"塔彭丝问道。

可是贝蒂改了主意,说:

"多② 故事。"

①应该是"请",贝蒂发音不清楚。
②应为"读"。

塔彭丝从柜子的一端拿出一本破破烂烂的书——贝蒂尖叫一声,阻止了她。

"不,不。脏……坏……"

塔彭丝吃惊地看着她,然后低头看看那本书,是本彩色的《小杰克·霍纳》。

"杰克是个坏孩子吗?"她问,"因为他只挑李子吃吗?"

贝蒂加重语气重复道:

"坏!"她用力地说,"脏!"

她从塔彭丝手中拿过那本书,放回远处,然后从架子另一头抽出一本书,脸上露出了胜利的微笑。

"干——干净的好杰克!"

塔彭丝明白了,同一本书,如果用破用脏了,就会换成新的和干净的。她觉得很有意思。斯普洛特太太是塔彭丝所说的那种"讲卫生的母亲",总是害怕细菌和不洁净的食物,就怕孩子吮吸脏玩具。

塔彭丝是在自由宽松的教区生活中长大的,向来对过度讲究卫生不屑一顾。而她自己也是用"脏点儿没关系"的方式养大了两个孩子。尽管如此,她还是顺从地拿出了干净的《小杰克·霍纳》,给孩子读了起来,还会在恰当的时候加上自己的评论。贝蒂喃喃地说着:"那就是杰克——李子!在饼饼里!"黏糊糊的小手指指着这些好玩的东西。读完之后马上又从那堆书里挑出了第二本。于是,她们连续看了《母鹅、母鹅、公鹅》和《住在海边的老奶奶》。后来,贝蒂把书藏了起来,塔彭丝装作费力地找了好久,惹得贝蒂笑个不停。一个上午就这么飞快地过去了。

午饭后,贝蒂和平时一样去睡午觉了。这时,欧罗克太太请塔彭丝去她的房间。

欧罗克太太的房间乱极了，还有一股浓烈的薄荷味、蛋糕坏了的气味以及淡淡的樟脑球味儿。每个桌子上都摆满了欧罗克太太的儿女、孙辈、侄辈的照片。数量如此之多，让塔彭丝有种感觉，自己仿佛在观看一出维多利亚时代后期的现实主义戏剧。

"这是跟孩子们在一起的最好的方式，布伦金索普太太。"欧罗克太太亲切地说。

"哦，是啊，"塔彭丝说，"我那两个——"

欧罗克太太立刻打断了她的话。

"两个？我记得你说过是三个？"

"哦，当然，是三个。不过其中两个的年纪非常接近，我刚才想到了跟他们俩一起度过的日子。"

"哦，这样啊。请坐，布伦金索普太太，别客气。"

塔彭丝乖乖地坐了下来，暗自祈祷欧罗克太太不要总是这么让她感到不安。现在，她觉得自己就像格林童话里接受了巫婆邀请的那两个孩子，韩赛尔和格莱特。

"那么，跟我说说，"欧罗克太太说，"你觉得桑苏西怎么样？"

塔彭丝滔滔不绝地赞美起来，可是欧罗克太太毫不客气地打断了她。

"我是问你，你不觉得这个地方有些古怪吗？"

"古怪？没有啊，我没觉得啊。"

"你不觉得佩伦娜古怪吗？你得承认，你对她特别感兴趣。我看到你总是在观察她、观察她。"

塔彭丝脸红了。

"她——她是个有趣的女人。"

"不是有趣，"欧罗克太太说，"只是个普通的女人——我是说如果她是我们表面上看到的那样的话。但也有可能她不是这样的。你怎么想的呢?"

"欧罗克太太,我真的没明白你的话是什么意思。"

"难道你从来就没有想过,我们很多人都是这样的吗——常常表里不一?就比如说梅多斯先生。他是个让人费解的人。有时候我觉得他是个典型的英国人,无比愚蠢;可是有时候,我捕捉到他的一个表情或者一句话,却觉得他一点儿也不蠢。这很奇怪,你不觉得吗?"

塔彭丝坚定地说:

"哦,我觉得梅多斯先生是个非常典型的英国人。"

"还有别人呢。也许,你知道我说的是谁吧?"

塔彭丝摇摇头。

"这个人的名字,"欧罗克太太鼓励地说道,"是 S 开头。"

她连连点头。

塔彭丝心底升起一股怒火,隐约有种要站出来保护那些脆弱的年轻人的冲动。她严厉地说:

"希拉还是个孩子,我们在那个年纪的时候都是这样的。"

欧罗克太太又点了几下头,这让塔彭丝想起了在格雷西姑妈家壁炉台上见过的那个胖胖的中国瓷娃娃。欧罗克太太咧开嘴笑了,她轻声说道:

"你也许不知道,明顿小姐的教名是索菲娅。"

"哦,"塔彭丝心下一惊,"你说的是明顿小姐?"

"不是。"欧罗克太太说。

塔彭丝转而望向窗外。这个老太婆周身散发着一种令她不安的恐惧气息,深深地影响着她,太奇怪了。"就像猫爪下的老鼠,"塔彭丝心想,"这就是我现在的感觉……"

这个微笑着的、山一样庞大的老太婆坐在那儿，得意地咕噜咕噜乱叫着——爪子还啪啪地玩弄着猎物，不顾它的哀号，不让它跑掉。

"胡闹，全都是胡思乱想，全都是我自己想象出来的。"塔彭丝暗自想着，凝视着窗外的花园。这时候雨停了，淅淅沥沥的雨点正从树叶上滴答下落。

塔彭丝想："这不是我的想象。我不是个爱幻想的人。肯定有什么东西，某种邪恶的东西。如果我能够看出来的话——"

她的思绪忽然被打断了。

花园的灌木丛下面被轻轻拨开一条缝，缝隙中露出了一张脸，鬼鬼祟祟地往屋里看。就是那天在路上跟卡尔·范·德尼姆说话的外国女人。

那张脸纹丝不动，眼睛都不眨一下，塔彭丝有种错觉——似乎那不是人类的脸。那人目不转睛地望着桑苏西的窗户，面无表情，然而毫无疑问，有种威胁的意味。静止不动、恨意难消，所表现出来的这种精神和力量，与桑苏西以及英国旅馆生活的陈腐平庸正好相反。"那么，"塔彭丝心想，"雅亿①把钉子钉进熟睡中的西西拉的额头时，也是这样的表情。"

这些想法在塔彭丝脑子里一闪而过，她连忙转过头，对欧罗克太太嘀咕了几句，便急急忙忙跑出房间，然后下楼梯直奔前门。

她右转沿着花园旁边的小路跑过去，那张面孔早已不见了，一个人也没有。塔彭丝穿过灌木丛，来到外面的大路上，四周左右、山上山下地张望着，可连个人影都没看到。那个女人哪儿去

---

①雅亿（Jael），希伯来《圣经》中杀死迦南王耶宾的军长西西拉的女英雄。

了呢?

她气恼地转身回到了桑苏西的院子里。这全都是她想象出来的吗?不,绝对不是。刚才那个女人的的确确就在那儿。

她固执地在花园里翻找了一遍,灌木丛后面也看过了,弄得全身上下湿乎乎的,还是没有发现那个奇怪女人的踪迹。

她只好回到房间,心中隐隐约约有种预感——一种奇怪的、无法形容的恐惧——有什么事要发生了。

她没去猜会发生什么事,即便猜,也永远猜不到。

2

天晴了,明顿小姐给贝蒂穿好衣服,准备带她出门散散步,去城里买一只塑料小鸭子,可以放在贝蒂的浴缸里玩。

贝蒂开心得又蹦又跳,好不容易才把毛衣套上她的胳膊。两个人走在路上的时候,贝蒂激动地说个不停:"买鸭鸭买鸭鸭!给贝蒂!给贝蒂!"她不住地把这些重大事件说了又说,从中得到了极大的欢乐。

大厅的大理石桌子上交叉摆着两根火柴,看上去像是随便放在这儿的。这是告诉塔彭丝,梅多斯先生今天下午去跟踪佩伦娜太太了。塔彭丝走进客厅,里面只有凯利夫妇。

凯利先生很是焦躁不安。他说自己来利汉普顿就是为了能得到完全不受打扰的、绝对安静的休息。但是这地方有个孩子,怎么能安静?一天到晚又跑又叫,还在地板上跳上跳下的。

他的妻子温和地说,贝蒂是个很可爱的孩子。可是她的话凯利先生根本听不进去。

"没错没错,"凯利先生扭动着长长的脖子,"可她妈妈应该教她安静点儿。要考虑一下别人。这儿还住着病人,一个神经需要休息的病人。"

塔彭丝说:"这个年纪的孩子可不容易安静下来,不然的话就不正常了,肯定是生病了。"

凯利先生气急败坏地大喊:"胡说——胡说!净是些愚蠢透顶的现代精神,说什么小孩子可以为所欲为。他们应该老老实实地坐着,玩玩娃娃,或者看看书什么的。"

"她还不到三岁呢,"塔彭丝笑着说,"能读什么书?"

"不管怎样,总要采取些措施。我要跟佩伦娜太太说一说,今天早上还不到七点,那孩子就在床上不停地唱啊唱啊。我昨晚都没睡好,天亮前刚刚要睡着,就让她给吵醒了。"

"我丈夫一定要睡足,这很重要,"凯利太太不无担心地说,"这是医生嘱咐的。"

"那你应该去疗养院。"塔彭丝说。

"亲爱的太太,那种地方太贵了,气氛也不好。我潜意识里总是会联想到疾病。"

"医生说要在一个良好的社会环境中,"凯利太太帮忙解释说,"过一种正常的生活。他说旅馆比那种有家具的出租房要好一些。这样的话,凯利先生就不会老坐那儿沉思,他可以跟别人交换一下想法。"

据塔彭丝的判断,凯利先生所谓的跟别人交流想法,不过是他一个人阐述自己的疾病和症状,而交换的意思就是别人对他有没有同情。

塔彭丝很巧妙地换了个话题。

"你能不能跟我说说,"她说,"在德国生活时有什么感受。你告诉过我,最近几年去过那儿很多次。听一听像你这样周游世界的人的见解，肯定很有趣。看得出来你是那种不受偏见影响的人，所以才能真实地讲述那儿的情形。"

塔彭丝认为，一个男人如果喜欢溜须拍马，那么竭力投其所好便是最好的方法。果不其然，凯利先生立刻就上钩了。

"正如你所说，亲爱的太太，我能清晰、公正地考虑问题。那么，在我看来——"

接下来便是长篇大论的独白，塔彭丝偶尔插一句"啊，太有意思了"或者"你可真是个敏锐的观察家啊"之类的话。她专心致志地听着，但并非做做样子。而凯利先生则被听众的热情冲昏了头，露出了赞赏纳粹主义的意思。虽然他没有明说，但暗示英国和德国应该联起手来共同对付欧洲其他国家。

这场将近两个小时的独白，被明顿小姐和贝蒂——她买到了塑料小鸭子——给打断了。

塔彭丝抬头一看，发现凯利太太脸上有一种奇怪的表情。很难说清具体是种什么表情。也许是妻子在妒忌丈夫那本该只属于自己的注意力被另一个女人分走了，也许是对丈夫如此坦白自己的政治观点而惶恐。总之是一种不满。

然后就是下午茶时间了。之后，斯普洛特太太就从伦敦回来了，她大声说道：

"贝蒂还听话吗？没给你们添麻烦吧？你乖不乖呢，贝蒂？"

贝蒂应声说道：

"妈的！"

不过这话不能看成是不欢迎妈妈回来，仅仅是请求给她吃黑莓蜜饯。

欧罗克太太发出一声低沉的嗤笑。小姑娘的妈妈责备道：

"别这样，贝蒂，宝贝儿。"

斯普洛特太太坐下来喝了几杯茶，兴致勃勃地讲起了她在伦敦买东西的事以及火车上拥挤的人群——一个刚刚从法国回来的士兵对车厢里的人说了些什么，还有长筒袜柜台后面的女孩告诉她库存马上就要短缺了。

其实这全都是些很平常的谈话。人们又在外面的阳台上聊了一会儿，此时天气晴朗，阳光灿烂，阴雨天气已经过去了。

贝蒂开心地跑来跑去，到灌木丛中历险，出来的时候手里拿着几片桂树叶或者是几块鹅卵石，放在大人们腿上，含混不清、杂乱无章地解释它们代表的含义。幸亏她的游戏不需要别人配合，只要偶尔说一句"真漂亮啊，宝贝儿"，她就满足了。

桑苏西从来没有这般安宁的夜晚。闲聊、八卦，推测战争的进展——法国能反败为胜吗？魏刚[1]能重整旗鼓吗？苏联会怎么办？如果希特勒要侵略英国，会得逞吗？巴黎会沦陷吗？这是真的吗？有人说……谣传……

有关政治和军事的丑闻被大家开心地传过来传过去。

塔彭丝想："多嘴多舌会有危险吗？没有道理。这种人是安全的阀门。人们喜爱这些谣言，因为这样可以更加刺激他们心中的焦虑和不安。"于是她也贡献了一则猛料，并用"我儿子跟我说——当然，这是高度机密——你们知道——"这种话点缀其间。

斯普洛特太太忽然看了看手表，吃了一惊。

"天哪，快七点了。我早该哄孩子上床睡觉了。贝蒂——贝蒂！"

贝蒂已经有好一阵子不在阳台上了，不过大家都没有注意。

---

[1] 马克西姆·魏刚（Maxime Weygand，1867—1965），法国陆军上将。二战初期时任法军总司令，后来任维希法国的国防部长。

斯普洛特太太越来越不耐烦了,大声喊着:

"贝蒂——这孩子能去哪儿啊!"

欧罗克太太沉着地笑了笑。

"不用说,又在淘气。一旦安静下来,准是在捣乱。"

"贝蒂!我在找你!"

没有回答。斯普洛特太太不耐烦地站起来。

"我得出去找她了。不知道她去哪儿了。"

明顿小姐说她可能藏在某个地方了,而塔彭丝则想起了自己的小时候,于是说可能在厨房。可是找遍了旅馆的里里外外,就是没看见贝蒂。大家又跑进花园里喊,检查了所有的卧室,还是没找到。

斯普洛特太太恼火了。

"真淘气——确实太淘气了!你们说她会不会跑到外面的马路上去了?"

她和塔彭丝跑到大门外,山上山下地看了个遍,只有一个推自行车的小伙计和一个女仆站在对面的圣卢西安门口说话,除此之外,再无别人了。

斯普洛特太太听了塔彭丝的提议,跟她一起过了马路,问那两个人有没有看见一个小女孩。他们摇摇头。忽然,那个女仆想起来什么似的,问道:

"是一个穿绿色方格子衣服的小女孩吗?"

斯普洛特太太急切地说:

"就是。"

"半个小时之前,我看见她跟一个女人朝路那头走了。"

斯普洛特太太吃惊地说:

"跟一个女人?什么样的女人?"

那女孩看上去有些局促不安。

"呃,是个长得挺奇怪的女人。一个外国人。衣服很怪异,像条披肩似的,没戴帽子,那张脸有点儿怪——古怪,不知道你明白我的意思吗?最近我见过她一两次,说实话我觉得她有点儿傻——你们能明白我说什么吗?"她补充道。

一瞬间,塔彭丝想起了那天下午看到的灌木丛中的那张脸,还有当时心里闪过的预感。

但是她压根儿就想不出来那个女人跟贝蒂有什么牵连,到现在也弄不明白。

不过她没时间多想了,因为斯普洛特太太几乎要压倒在她身上了。

"啊,贝蒂!我的孩子,被人拐走了。那个女人什么样?是吉卜赛人吗?"

塔彭丝用力摇摇头。

"不是,她挺漂亮的,宽脸、高颧骨,两只蓝眼睛分得很开。"

看见斯普洛特太太瞪大眼睛看着自己,连忙解释说:

"今天下午我见过这个女人——她躲在花园尽头的灌木丛里偷看。我还看到她在这附近转悠来着。还有一天,她跟卡尔·范·德尼姆说过话。肯定是这个人。"

女仆插嘴道:

"没错。她的头发是金黄色的,要我说,智力可能有点儿问题。跟她说话只能听懂一点点。"

"啊,天哪!"斯普洛特太太呻吟着,"我该怎么办?"

塔彭丝伸出一只胳膊搂住她。

"回去吧,喝点儿白兰地,然后报警。别担心,我们会把她找回来的。"

斯普洛特太太顺从地跟着她,一边还迷茫地低声说道:"我想不通贝蒂怎么会跟一个陌生人走。"

"她还小,"塔彭丝说,"不知道害怕。"

斯普洛特太太无力地喊着:

"肯定是个可怕的德国女人,她会杀了我的贝蒂的。"

"瞎说,"塔彭丝坚定地说,"不会有事的。我想她脑子有点儿不清楚。"话虽如此,但她自己也不相信——那个沉着冷静、金发碧眼的女人绝对不是什么神经不正常。

卡尔!卡尔知道吗?他跟这件事有关系吗?

不过几分钟以后,她就开始怀疑这一点了。德尼姆跟其他人一样,也是一脸吃惊、无法相信的表情。

她们俩跟大家把事情说了一遍,布莱奇利少校做出一副掌控全局的姿态。

"斯普洛特太太,"他对斯普洛特太太说道,"先坐下,喝点儿这个——白兰地,不会伤身体的——一会儿我就去警察局。"

斯普洛特太太喃喃地说:

"等等——也许有什么——"

她冲上楼梯,来到自己的房间。

一两分钟之后,大家听见楼梯平台上传来一阵急匆匆的脚步声。斯普洛特太太发疯似的冲下楼梯,一把抓住布莱奇利少校拿着话筒正要拨号的手。

"不,不,"她气喘吁吁地说,"千万别……千万别……"

她大声抽泣着,倒在一把椅子上。

大家聚拢在她周围,过了片刻,她恢复了镇定,凯利太太扶着她坐了起来,她拿出一个东西给大家看。

"我在房间的地板上发现的,是包着石头从窗口扔进来的。看——看看上面写了什么。"

汤米接过纸,打开。

是一张便笺纸,从那奇怪、僵直的笔迹上看,是个外国人写的,字体又大又粗。

你的孩子在我们手上很安全。合适的时候我们会告诉你该怎么办。如果报警,我们就会杀了这孩子。什么都不要说。等待指示。否则——

署名处画了个骷髅旗。

斯普洛特太太微弱地呻吟着:

"贝蒂——贝蒂——"

大家立刻议论纷纷。欧罗克太太说:"卑鄙无耻的杀人犯!"希拉说:"畜生!"凯利先生说:"荒谬,荒谬——我一个字也不信。愚蠢的恶作剧。"明顿小姐说:"哦,可怜的贝蒂!"卡尔·范·德尼姆说:"我不明白。真是难以置信。"而布莱奇利少校的声音则盖过了所有人的:

"该死的,都是胡扯!威胁!我们得马上报警,他们很快就会查清楚的。"

他又朝电话走过去。斯普洛特太太这个母亲发出愤怒的尖叫声,阻止了他。

他大声说:

"但是,太太,我们非报警不可。他们使用的办法很蠢,只是为了阻止你查到他们的行踪。"

"他们会杀死她的。"

"瞎说,他们不敢。"

"跟你说,我不同意。我是她妈妈,我说了算。"

"我知道,我知道。他们就是要利用你的这种感情。这是很自然的。但你一定要听我的,我是个军人,一个经验丰富的人,我们现在需要警察。"

"不!"

布莱奇利扫视四周,寻求支持者。

"梅多斯,你同意我的说法吗?"

汤米缓缓地点点头。

"凯利?你瞧,斯普洛特太太,梅多斯和凯利都同意。"

斯普洛特太太突然爆发了。

"男人!你们都是男人!问问女人!"

汤米的目光寻找着塔彭丝。塔彭丝颤抖着低声说道:

"我——我同意斯普洛特太太的意见。"

她心想:"黛伯拉!德里克!如果是他们被人拐走的话,我的感受也会跟她一样。汤米和其他人的意见是对的,我一点也不怀疑,但我还是会这么做。我不能冒这个险。"

欧罗克太太说:

"没有一个做母亲的愿意冒这个险,这是事实。"

凯利太太嘟囔着说:

"我真的觉得,你知道,就是——那个——"她说不下去了。

明顿小姐怯生生地说:

"发生这种可怕的事情。如果小贝蒂真的出了什么事,我们绝对不会原谅自己的。"

塔彭丝厉声说道:

"你还什么都没说呢,范·德尼姆先生!"

卡尔的蓝眼睛亮闪闪的,他面无表情地、生硬地说道:

"我是个外国人,不了解你们英国的警察,不知道他们能力强不强,办事快不快。"

这时有人走进前厅,是佩伦娜太太。她满脸通红,很明显是急匆匆赶上山的。她说:

"这是怎么回事?"声音威严、傲慢,现在的她不再是那个殷勤的老板娘,而是一个强势的女人。

大家七嘴八舌把事情经过对她说了一遍,虽然比较混乱,但她马上就明白了。

既然她了解了整个情形,那么似乎一切都要听从她的安排。她就是最高法院。

她看了一眼那张字迹潦草的纸,然后还给了斯普洛特太太。她言辞犀利,带着命令式的语气。

"警察?他们根本没用。粗心大意,你不能依靠他们,应该行动起来,亲自去找孩子。"

布莱奇利耸了耸肩,说:

"很好。如果不叫警察,那么这是最好的办法了。"

汤米说:

"他们不可能有时间进一步采取行动。"

"那个仆人说,是在半小时前。"塔彭丝插嘴道。

"海多克,"布莱奇利说,"海多克能帮忙。他有汽车。你刚才说那女人长得有点儿怪?是外国人吗?应该会留下什么线索让我们追查的。走吧,没时间了。你也去吗,梅多斯?"

斯普洛特太太站起来。

"我也去。"

"啊,斯普洛特太太,交给我们吧。"

"我也去。"

"啊,好吧——"

他只好让步,嘴里还嘀咕着,女人这个物种有时候比男人更要命。

3

海多克作为一名海军军官是值得称赞的,迅速了解情况后,他便开车出发了。汤米坐在他旁边,后面坐着布莱奇利、斯普洛特太太还有塔彭丝。塔彭丝跟过来,不仅仅是为了让斯普洛特太太有个依靠,还有一个原因就是,除了卡尔·范·德尼姆,只有她见过那个神秘的绑架者。

中校具有很强的组织能力,而且动作麻利,他很快就给汽车加好了油,扔给布莱奇利一张本地地图和一张更大的利汉普顿地图,便准备出发了。

斯普洛特太太又跑回楼上,众人都以为她是回房间拿件外套。然而等她钻进车里、汽车向山下驶去的时候,她让塔彭丝看看包里的一件东西。是一把小手枪。

她平静地说:

"我是从布莱奇利少校房间拿的。我记得他说过自己有一把。"

塔彭丝看上去有些怀疑。

"你该不会是觉得——"

斯普洛特太太紧紧抿着嘴唇。

"也许会用得着。"

坐在车上的塔彭丝,因这个平凡而普通的年轻女人竟然焕发出如此奇异的母爱而惊诧不已。她能想象到,一个平时说自己见到枪就会吓个半死的女人,面对要伤害自己孩子的人,肯定会镇静地举枪打死他。

按中校的建议,他们先开到了火车站。大概二十分钟前,有一列火车离开了利汉普顿。那帮亡命之徒有可能会搭这趟车走了。

他们在车站分头寻找。中校去问检票员,汤米去了售票处,布莱奇利到站台上询问脚夫,而塔彭丝和斯普洛特太太去了盥洗室,因为她们猜想着也许那个女人上车前会乔装一番。

全都一无所获。目前的形势更加困难了。海多克指出绑架者多半有辆车等着,一旦把孩子骗到手就会立刻坐车逃跑。布莱奇利少校再次提出,在这种情况下,更要跟警方合作,只有警察这种组织才能迅速在全国发布消息,检查所有的公路。

斯普洛特太太只是摇头,嘴唇绷得紧紧的。

塔彭丝说:

"我们必须按照他们的思路想一想。汽车会停在什么地方等?当然是离桑苏西越近越好,但又不能引起注意。现在,让我们分析一下。那女人和贝蒂一起下了山。而山底下就是海滨广场。汽车有可能停在那儿。只要有人在车上看着,停多久都可以。还有一个地方可以停车,就是詹姆斯广场,离桑苏西也很近。还有就是从海滨广场通往外面的几条小街道。"

就在这时,一个戴夹鼻眼镜、有些腼腆的小个子男人向他们走了过来,有点儿结巴地说:

"对不起……希望……没打扰你们。可——可我无意中听到了你们跟脚夫的谈话(现在他是在跟布莱奇利少校说话)。我不是故意听的,只是过来看看包裹寄到没有——现如今什么都要拖延很久——他们说是军队调动的缘故——可这样一来,那些容易变化的东西就麻烦了——我是说包裹——所以,您瞧,我偶然听到了——这真的是太巧了……"

斯普洛特太太跳向前,一把抓住那个人的胳膊。

"你看见她了?你看见我的小女儿了?"

"啊,真的?你是说你的小女儿?要真是这样的话——"

斯普洛特太太大喊:"快告诉我!"她的手指头都快要抠进那人的胳膊里了,疼得他直向后躲闪。

塔彭丝赶紧说:"请你把看见的快点告诉我们吧,我们将不胜感激。"

"哦,是吗,当然,也许跟这事没什么关系,但跟你们说得很像……"

塔彭丝感到身旁那个女人全身都在哆嗦,但还是努力让自己保持镇静,表现出从容的样子。她知道面对的是什么样的人——大惊小怪、傻头傻脑、缺乏自信、说话啰唆,你要是催他,他就更乱了。她说:

"请告诉我们吧。"

"是这样的——我叫罗宾斯,哦,爱德华·罗宾斯——"

"好的,罗宾斯先生,请说。"

"我住在怀特威斯的埃尔内山崖路,是那条新马路上的一幢新房子。在那儿住省时又省力,而且真的非常便利,风景也很美,离那片山地只有一箭之遥。"

塔彭丝用眼神制止了正要发作的布莱奇利少校,说:

"那么,你看到我们正在找的那个小女孩了?"

"是的,我觉得肯定是。你们刚才是说一个小女孩和一个长得像外国人的女人,对吗?就是我注意的那个女人。因为现在我们大家都对第五纵队保持高度戒备,是吧?密切注意,大家都这么说,我自己也努力这么做。就像我刚才说的,我注意到了这个女人。我心想,护士或者仆人——很多间谍都用这个身份来到英国。这个女人的样子很特别,正往路那边走,要去那片丘陵——带着个小女孩——女孩好像很累,脚步也跟不上她。七点半,这个时候大部分小孩都会上床睡觉的,所以我就紧紧地盯着那个女人。我想这让她很慌张,她拉着后面的孩子急匆匆地走了起来,后来还抱起了孩子,继续沿着路往山崖上走,这让我觉得很奇怪,你知道,因为,那儿没有房子——什么也没有——要走到怀特黑文才有,离丘陵还有五英里,是徒步旅行者爱走的路线。可是在这种情况下我觉得很古怪,不知道那个女人是不是要去发信号。我们听过很多敌人的这种间谍活动,而她看到我盯着她时,样子显得非常不安。"

这时,海多克中校已经钻进车子,发动了引擎。他说:

"你是说在埃尔内山崖路吗?在城那边,对吗?"

"是的,顺着海滨大道,穿过旧城,再往上——"

其他人也都上了车,不再听罗宾斯先生絮叨了。

塔彭丝大声说:

"谢谢你,罗宾斯先生。"然后汽车开动,把张大着嘴的罗宾斯先生甩在了身后。

他们飞快地穿过镇子,没出车祸——与其说技术好,不如说是运气好,而且这运气一直都在。最后他们来到一片零零落落的建筑前,这里的房子多少都有些毁损,也许是因为离煤气厂太近了。有很多条小道通向丘陵,都在离小山不远的地方突然中断了。埃尔内山崖路是第三条。

海多克中校灵巧地开上山路,一直开到了山脚下。这条路越来越窄,弯弯曲曲地消失在光秃秃的山里,现在只能步行了。

"最好下车走路。"布莱奇利说。

海多克犹豫地说:

"也许汽车能开上去。路面还算坚固,就是有点儿不平整,但我想能开上去。"

斯普洛特太太大声说:

"哦,求你了,求求你……我们得快点。"

中校自言自语地嘀咕着:

"但愿那个戴眼镜的家伙说得是真的,那个小矮子说的也许是个普通的女人带着孩子。"

车子痛苦地呻吟着,在崎岖的山路上颠簸行驶。这条路坡度很大,但草皮比较短,比较松软。他们终于无惊无险地到达了山顶。站在这里,景色尽收眼底,可以一直望见远处怀特黑文港的弯道。

布莱奇利说:

"这主意不错,如果有需要,那女人可以在这儿睡上一晚,等到明天早上再下山去怀特黑文坐火车逃跑。"

海多克说:

"连个人影也没看见。"

他考虑得很周全,带来了一台望远镜,这会儿正举着四处眺望。突然,他看到了两个移动的小黑点,立刻紧张起来。

"啊,找到了……"

他跳进驾驶座,车子又开始东倒西歪地前行。现在的距离并不远。大家顾不上汽车的剧烈颠簸,开足马力全力驶向那两个小黑点。现在能看清楚了——一高一矮两个身影——更近了。一个女人牵着一个小女孩——再近一些,没错,穿绿方格衣服的孩子。是贝蒂。

斯普洛特太太快要窒息般地大喊一声。

"没事了,亲爱的,"布莱奇利少校说,亲切地拍拍她,"我们找到她了。"

他们继续前行,突然,那个女人转过身,看见了冲她疾驶而来的汽车。

她大叫一声,抱起孩子撒腿就跑。

她并没有向山上跑,而是侧身奔向山崖边上。

车子开了几码之后就无法继续行驶了,因为路面凹凸不平,还有大块的石头挡着。里面的人跟跟跄跄地下了车。

斯普洛特太太第一个冲了出来,疯了似的跑向那两个逃跑的人。

其他人也紧随其后。

相距二十码的时候,那个女人无路可走,便突然停下了脚步,转过身来。她站在悬崖边上,更加用力地抱着贝蒂,声嘶力竭地大喊一声。

海多克大叫:

"天哪,她要把孩子扔下悬崖……"

女人站在那儿,把贝蒂紧紧地抱在怀中。她的脸由于极度愤恨而变得扭曲起来,她声嘶哑地说了一句很长的话,没人能听懂。她仍然抱着孩子,时不时地看看脚下的深渊——离她站的地方还不到一码。

显然,她威胁要把孩子扔下悬崖。

大家吓呆了,站在那儿一动不动,生怕弄出动静酿成大祸。

海多克在口袋里摸索着,拿出一把左轮手枪。

他大声说道:"放下孩子!否则我开枪了!"

那个外国女人放声大笑,把孩子紧紧贴在胸前。两个身影合成了一个。

海多克咕哝着说:

"我不敢开枪,会伤到孩子的。"

汤米说:

"那女人疯了。眨眼工夫她就能抱着孩子跳下去。"

海多克再次无可奈何地说:

"我不敢开枪——"

然而就在这时,传来一声枪响。女人晃了晃,倒了下去,两只胳膊仍然紧紧地抱着孩子。

男人们跑上前。斯普洛特太太站在那儿左右晃荡,双眼圆睁,手中的枪口直冒烟。

她僵硬地向前走了两步。

汤米跪在那个人身边,轻轻地把她们翻过来,于是看到了那个女人的脸——那张脸具有一种奇特的、充满野性的美。女人睁开眼,看看他,眼神一片空白。她轻叹一声,死了。子弹打穿了她的脑袋。

所幸小贝蒂并没有受伤,她挣脱女人的怀抱,向雕塑一样的妈妈跑了过去。

终于,斯普洛特太太崩溃了,她扔掉手枪,瘫倒在地,搂住女儿。

她叫喊着:

"她没事——她没事——哦,贝蒂——贝蒂!"然后她又害怕地低声问道,"我——我——打死她了?"

塔彭丝坚定地说:

"别想了——别再想这事了。想想贝蒂吧。其他的都不要想了。"

斯普洛特太太紧紧地抱着贝蒂,抽泣着。

塔彭丝走向那几个男人。

海多克嘟囔道：

"该死的,太神了。要是我可打不准,别以为那女人以前练过枪——纯粹是本能。奇迹,这就是奇迹。"

塔彭丝说：

"感谢上帝！只有毫厘之差。"她低头看了看下面的大海,这段距离深不可测。想到这儿,她不由得打了个寒战。

第八章

1

几天后，对那个死去的女人的调查有了结果。警方确认她叫旺达·波隆斯卡，波兰难民。在这期间，汤米和塔彭丝的调查不得不中断了。

悬崖上那可怕的一幕过去之后，处于崩溃边缘的斯普洛特太太和贝蒂被开车送回了桑苏西。到了旅馆，大家斟茶递水、好奇心十足，还有人拿来一点白兰地给这位半昏迷的女英雄喝。

海多克中校迅速报了警，在他的带领下，警察来到了惨剧发生的悬崖上面勘察现场。

要不是那令人不安的战争消息，这起惨案在报纸上所占的版面也许会更多一些——实际上只有一小段。

塔彭丝和汤米被迫出庭作证。为了防止记者给重要证人拍照发表在报纸上，梅多斯先生的眼睛里很不幸地进了些东西，所以戴了一个恨不得遮住大半张脸的眼罩。而布伦金索普太太则戴上了一顶帽子，大有改头换面的意思。

于是，焦点自然就集中在了海多克中校和斯普洛特太太身上。斯普洛特先生收到那封歇斯底里的电报之后，立刻赶来看望他妻子，不过当天就得回去。他看上去是个温和但不是很有趣的男人。

审讯的第一个程序是确认死者的身份,负责人是一个叫卡尔弗特的女人,薄嘴唇、目光锐利,已经做了好几个月的难民救济工作了。

她说波隆斯卡是跟她的堂兄堂嫂一起来到英国的,据她所知,他们是她唯一的亲戚。她认为,这个女人有点儿精神病。波隆斯卡跟别人说过她在波兰有过可怕至极的经历,她的家人,包括几个孩子在内,全都被杀死了。她对自己受到的任何帮助都无动于衷,疑神疑鬼、沉默寡言。她经常自言自语,看起来很不正常。给她找过一个做家务活儿的工作,但几个星期前,她不辞而别,也没有向警察局报告。

验尸官问那个女人的亲戚为什么没有前来,关于这一点,警官布拉西的解释如下:

那对夫妇跟一起海军船厂的罪案有牵连,被有关部门依照《领土防务法案》拘留了起来。他说这两个外国人是以难民的身份进入英国的,可是却想马上在海军基地附近找到一份工作。所以他们两个引起了怀疑,并且受到了监视。他们有一大笔钱,数也数不清。目前没有任何实质证据可以指证这个死去的女人波隆斯卡——不过人们认为她有反英情绪。很有可能她是个敌国间谍,那傻乎乎的样子只是装出来的。

斯普洛特太太刚被传召上来就泪流满面了。验尸官对她很温和,很有技巧地把她引到了案件这个话题上面。

"太可怕了,"斯普洛特太太上喘着粗气,说,"我杀了人,这太可怕了。我不想这样的——我是说我从没想过——可那是贝蒂啊——我以为那个女人要把她扔下悬崖,我不得不去阻止她——而且,哦,天哪——我也不知道自己是怎么做到的。"

"你了解如何使用武器吗?"

"哦,不!我只见过划船比赛上的那些来复枪——向台上射击的时候,而且我从来没使用过。哦,天哪——我觉得自己杀害了一个人。"

验尸官安慰着她,问她之前有没有跟死者接触过。

"哦,没有。我这辈子从来没见过她。我想她肯定是个疯子——因为她根本不认识我或者贝蒂。"

在接下来的回答中,斯普洛特太太说自己参加过一个为了帮助波兰难民的缝纫聚会,这就是她在这个国家跟波兰人的唯一联系。

下一个证人是海多克,他讲述了自己跟踪绑架者时所采取的措施,以及最终的结果。

"那个女人准备跳下悬崖的时候,你的头脑是否是清晰的?"

"要么跳下去,要么把孩子扔下去。看起来她已经让仇恨冲昏了头脑。根本就不可能对她讲道理了。那一刻必须立即采取行动。我本来想开枪打伤她的,但是她抱着孩子做挡箭牌,我担心如果我开了枪会打死那个孩子。斯普洛特太太冒着这个风险,成功地救下了她的女儿。"

斯普洛特太太又哭了起来。

布伦金索普太太的证词很简短——只是给海多克中校的证词做个佐证。

然后是梅多斯先生。

"关于海多克中校和布伦金索普太太的证词,你是否同意?"

"同意。那个女人很疯狂,不可能接近她。她正要抱着孩子跳崖。"

另外还有一些不太重要的证词。验尸官向法官汇报了如下情况：旺达·波隆斯卡是死于斯普洛特太太之手，但后者被证实是无罪的。没有证据能证明女死者的精神状态。也许是对英国的仇恨促使她这么做的。分发给波兰难民的一些慰问品上面刻有赠者的姓名，也许这个女人是通过这种办法得到斯普洛特太太的姓名和地址的。但是她绑架孩子的理由还很难解释——也许是常人无法理解的某种疯狂动机。按波隆斯卡自己的说法，她在自己的国家遭受了巨大的丧亲之痛，这些经历可能刺激了她的大脑。不过从另一方面来说，她也有可能是敌方的间谍。

最后，综合验尸官的意见，陪审团做出了裁决。

2

审讯的第二天，布伦金索普太太和梅多斯先生见面交流了意见。

"旺达·波隆斯卡死了，和以前一样，又是什么线索都没有了。"汤米郁闷地说。

塔彭丝点点头。

"是啊，他们把两边都堵死了。没有文件，她和那对夫妇哪儿来那么多钱也无从查起，也没有任何交易记录。"

"该死的，他们办事效率太高了。"汤米说，又补充了句，"你知道，塔彭丝，我不看好现在的情形。"

塔彭丝有同感。传来的战争消息确实无法让人心安。

法国军队正在撤退，局面能否逆转尚未可知。英军正在从敦刻尔克进行大规模撤退。事实摆在眼前，巴黎的陷落也就这几天的事了。捉襟见肘的装备和物资无法抵御德国精良的现代化设备，这让民众普遍感到沮丧。

汤米说：

"这都是因为我们的糊涂和迟钝吗？还是在这背后有一个精心布置的阴谋？"

"我认为是后者，只是很难得到证明。"

"是啊，我们该死的对手太聪明了。"

"我们已经清理出不少腐败分子了。"

"是啊，我们围捕了那些明显有问题的人，但我觉得仍然没有找到幕后的核心人物。幕后指挥者、组织，还有思虑周密的整个计划——这计划利用了我们平常那种拖延的习惯、我们长期的不和以及对目标的懈怠。"

塔彭丝说：

"这就是我们来这儿的目的——不过没什么结果。"

"我们做了一些事，"汤米提醒她说，"卡尔·范·德尼姆和旺达·波隆斯卡。两个小角色。"

"你认为他们一起工作？"

"肯定是这样。"塔彭丝深思着说，"别忘了我见过他们说话。"

"那么，卡尔·范·德尼姆肯定参与了绑架的事？"

"我想是的。"

"可是为什么？"

"我也在想这个问题，"塔彭丝说，"一直在思考。这说不通啊。"

"为什么偏要绑架这个孩子？斯普洛特夫妇是什么人？他们没钱——所以不是为了赎金。他们两个也没有在政府中担任任何工作。"

"我知道，汤米。这完全没有道理。"

"斯普洛特太太有什么想法？"

"那个女人，"塔彭丝轻蔑地说，"就是一只没脑子的母鸡。完全不懂思考。只是说这事只有罪恶的德国人才干得出来。"

"蠢东西。"汤米说，"德国人很能干。如果他们派个间谍来绑架一个小孩，肯定是有原因的。"

"听我说，我有一种感觉，"塔彭丝说，"只要这个斯普洛特太太稍微动动脑子，就能想出原因。这里面肯定有什么事情——一些她无意中发现的信息，也许她自己也不清楚究竟是什么。"

"什么都不要说。等待指示。"汤米说道，这是在斯普洛特太太房间地板上发现的字条上的话，"该死，这里面有问题。"

"没错。一定有问题。我能想到的是，这个斯普洛特太太或者她丈夫，受人之托藏了什么东西——让他们保管，也许只是因为他们是普通人，没人会怀疑东西在他们那儿——不管这玩意儿是什么。"

"这倒是个想法。"

"嗯，但这更像是个间谍故事，好像不太真实。"

"你有没有让斯普洛特太太稍稍动一动脑子想一想？"

"我说过了，问题是她对此完全不感兴趣。她只关心找回贝蒂——并且还为打死了一个人而歇斯底里。"

"女人是古怪的生物，"汤米沉思着说，"那天，这个斯普洛特太太就像个复仇女神，为了找回自己的孩子，恨不得能对着一个军团射击，而且毫不心软。然后又凭借着令人难以置信的完美好运侥幸打死了绑架的人，最后却崩溃了，开始神经质了。"

"验尸官宣布她无罪了。"塔彭丝说。

"当然。天哪，换作是我，可不敢冒险开枪。"

塔彭丝说：

"如果她知道后果会有多危险，估计也不敢开枪。她之所以开枪，完全是因为不知道射击是一件多么难的事。"

汤米点点头。

"很像《圣经》故事，"他说，"大卫和歌利亚斯。"

"哦！"塔彭丝说。

"怎么了，老太婆？"

"我也不太确定。你刚才的话让我忽然灵光一闪，可是现在又忘了！"

"那还说什么！"

"别那么刻薄。这种事时有发生。"

"你是说一个绅士画一张弓碰运气的故事吗？"

"不是——等等——我想是跟所罗门有关。"

"雪松、寺庙、妻妾成群？"

"打住，"塔彭丝说着捂住了耳朵，"越说越乱。"

"犹太人？"汤米满怀希望地说，"以色列族人？"

但塔彭丝摇了摇头。过了一会儿，她说：

"真希望我能回忆起来这个女人让我想起了谁。"

"你说死去的那个旺达·波隆斯卡？"

"是的，我第一次看见她就觉得她有点儿面熟。"

"你是觉得在别的地方见过她？"

"不，我从来没见过她。"

"佩伦娜太太和希拉也是两个完全不同的类型。"

"没错，不过不是她们。汤米，你认识这两个人。我一直在想一件事。"

"什么事？"

"什么？"

"我不确定。跟那张字条有关——贝蒂被绑架时，在斯普洛特太太房间地板上发现的那张字条。"

"怎么了?"

"她说是包着石子从窗口扔进来的,纯粹是瞎扯。是某个人放在那儿的——就是为了让斯普洛特太太找到的——而且我觉得是佩伦娜太太干的。"

"佩伦娜太太、卡尔,还有旺达·波隆斯卡——全都一起工作?"

"没错。你有没有注意到,佩伦娜太太在关键时刻走了进来,解决了问题——不能报警?她掌控了整个局面。"

"哦,她就是你认为的那个M?"

"是的。你不这么认为吗?"

"恐怕是的。"汤米慢腾腾地说。

"怎么了,汤米,你有其他的想法?"

"可能没什么用。"

"告诉我。"

"不,我还不想说。我还没有根据。什么都没有。不过如果我是对的,那么我们面对的不是M,而是N。"

他暗自想道:

"布莱奇利。我觉得他没问题。为什么不是他?他是个非常真实的人——甚至太真实了,而且,想要打电话报警的那个人是他。可是也许他已然确信孩子的母亲不会接受他的意见。写那张威胁性字条的人也确信这一点。他能做到让对方坚持相反的意见不动摇——"

想到这儿,他不禁又想起了那个让人烦恼的、仍未找到答案的问题:

为什么绑架贝蒂·斯普洛特?

3

桑苏西外面停了一辆车,上面写着"警察"的字样。

塔彭丝只顾着想自己的心事,根本没注意到这辆车。她转过汽车道,穿过前门,径直上楼向自己房间走去。

刚到门口她就惊讶地停住了脚,窗口那儿有个高高的影子冲她转了过来。

"哎哟,"塔彭丝说,"是希拉吗?"

女孩直直地走向她。现在塔彭丝看得更清楚了,在那苍白的脸上,一双闪烁的眼睛深深地陷进眼窝里。

她说:

"真高兴你回来了,我一直在等你。"

"怎么了?"

女孩表情平静、不露声色地说道:

"他们逮捕了卡尔!"

"警察?"

"是的。"

"啊!"塔彭丝说,她觉得自己对这种情况无能为力。虽然希拉的声音很平静,但塔彭丝能清晰地感觉到这背后隐藏着什么。

不论他们两个是不是同谋,这个女孩深爱卡尔·范·德尼姆。塔彭丝感到一阵心痛,对这个可怜的年轻女孩充满了同情。

希拉问:

"我该怎么做?"

这个简单而凄凉无助的问题让塔彭丝倒退一步,不知如何作答。她无奈地说:

"哦,亲爱的。"

希拉的声音就像竖琴弹出的哀曲：

"他们把他带走了。我再也见不到他了。"

她高声喊道：

"我该怎么办？我该怎么办？"说着就扑倒在床前，痛哭流涕。

塔彭丝抚摸着她黑色的秀发，片刻之后，她毫无底气地说道：

"可——可能不是这样的。也许他们只是要扣留他。因为你也知道，他毕竟是敌国的侨民。"

"他们不是这么说的。他们正在搜查他的房间。"

塔彭丝缓缓地说："呃，如果他们找到什么——"

"他们当然什么都找不到！他们能找到什么？"

"我不知道。我想你会不会知道？"

"我？"

她的轻蔑、她的惊讶都太真实了，不可能是装出来的。在这一刻，塔彭丝对希拉·佩伦娜的任何怀疑都烟消云散了。这女孩什么都不知道，从来都不知道。

塔彭丝说：

"如果他是无辜的——"

希拉打断了她的话。

"这有什么关系呢？警察会安一个罪名给他的。"

塔彭丝严厉地说：

"乱说。我亲爱的孩子，不会这样的。"

"英国警察什么都做得出来。我妈妈就是这么说的。"

"也许你妈妈是这么说的，可她说错了。我向你保证不是这样的。"

希拉怀疑地看了她片刻，然后说：

"既然你这么说，好，我相信你。"

塔彭丝觉得很不舒服，她生气地说：

"你太相信别人了，希拉。你信任卡尔，也许并不怎么明智。"

"你也怀疑他？我以为你喜欢他。他也是这么认为的。"

这些让人感动的年轻人——深信别人是喜欢他们的。没错，她喜欢卡尔——她确实喜欢他。

她非常疲惫地说：

"听我说，希拉，喜不喜欢一个人跟现实无关。我们的国家正在跟德国交战。为自己的国家服务可以有很多方式，其中一种就是搜集情报，深入敌人后方。这是一种英勇的行为，因为一旦被抓住了，那就——"她停顿了一下，"完了。"

希拉说：

"你认为卡尔——"

"也许就是用这种方式为他的国家服务。有这个可能，不是吗？"

"不。"希拉说。

"也许这就是他的工作。你瞧，作为一个难民来到这个国家，表面上是在强烈地反对纳粹主义，其实却在搜集情报。"

希拉静静地说：

"这不是真的。我了解卡尔，我了解他的心灵他的思想。他更关心的是科学、他的工作，还有真理和其中的知识。他非常感激英国政府能让他在这儿工作。有时候人们对他说一些残酷的话，他就会因为自己是德国人而痛苦。但他一向痛恨纳粹、痛恨他们剥夺自由的主张。"

塔彭丝说："他当然会这么说。"

希拉扭头望着她,眼神中满是责备的神情。

"所以你相信他是个间谍?"

"我想,"塔彭丝迟疑着,"有可能。"

希拉走向门口。

"我明白了。很抱歉打扰你,让你帮助我们。"

"可是,你觉得我能做什么呢,孩子?"

"你的儿子们在陆军、海军,我不止一次听你说过他们认识那些有影响力的人物。我想也许你能让他们——做点什么?"

塔彭丝想起了那几个虚构的人物:道格拉斯、雷蒙德和西里尔。

"恐怕,"她说,"他们帮不上什么忙。"

希拉仰起头,激动地说:

"那我们是没希望了。他们会带走他关进监狱里,然后某一天,在一个早上,让他对着一面墙,开枪打死他——这就是结局。"

她走了出去,带上了房门。

"哦,该死,该死,该死的爱尔兰人!"塔彭丝百感交集,愤怒地说着,"为什么他们会有这么可怕的力量扭曲事实,让你云里雾里不知所谓?如果卡尔·范·德尼姆是间谍,他就应该被枪毙。我必须坚持这一点,不能让那个姑娘用她那爱尔兰人的语调蛊惑我,让我认为这是一场英雄烈士的悲剧。"

她想起一位著名的女演员朗诵的《葬身海底》中的一句诗:

> 他们即将有的
>
> 是一段宁静而美好的时光……
>
> 痛楚……情感的潮汐把你带去远方……

她想:"如果这不是真的。哦,如果这不是真的……"

可是她知道自己在做什么,她怎么能够去怀疑?

4

坐在老码头尽头的那个垂钓者把鱼钩丢进水里,然后小心翼翼地把线卷起来。

"恐怕,没什么可怀疑的了。"他说。

"你知道,"汤米说,"我为这事感到难过。他是——唉,他是个不错的年轻人。"

"老兄,他们是不错。一般情况下是这样的。自愿到敌对国家工作的人,在国内可不是人人喊打的恶棍,他们都是勇敢的人。这一点我们很清楚。但事实是,这件事已经被证实了。"

"你是说,没什么可怀疑的了?"

"毋庸置疑。在他那些化学配方中有一份他们准备接近的人的名单,可能都是些同情法西斯的人。他们还有一个非常聪明的破坏方案和一个化学加工处理的程序——如果用在化肥里,就会对库存食品造成大规模的损坏。所有这一切都在卡尔的研究范围内。"

汤米心中不禁责怪起塔彭丝来,是她让他替卡尔这么说的,于是他不情愿地说:

"那有没有可能是别人栽赃嫁祸给他?"

格兰特微微一笑,有些残忍的意味。

"哦,"他说,"不用说,这是你妻子的想法。"

"这个——呃——是的,确实是她的想法。"

"他是个挺吸引人的小伙子。"格兰特先生宽容地说。

接着又说道:

"不过,说正经的,我认为我们不会采纳她的意见。你知道,他有一种密写药水,这就是最好的证明。就算是栽赃,也不会用这么不明显的方式。这不是那种摆在脸盆架上、'服用时及时搅拌'的药水或者之类的东西。事实上，它设计得非常巧妙。这种东西我们以前见过一次，就是在背心的纽扣里，使用时就把纽扣浸泡在水中。卡尔·范·德尼姆用的不是纽扣，而是鞋带，非常精巧。"

"哦！"似乎有什么东西触动了汤米的心——模糊的、不太成形的……

塔彭丝反应更快。汤米把自己和格兰特的对话跟她说了一遍，她立刻抓住了关键。

"鞋带？汤米，这就说得通了。"

"什么？"

"你这个傻瓜，是贝蒂！你还记得那天她在我房间干的那件好笑的事情吗？把鞋带都抽出来泡在水里。那时候我还觉得这事真好笑。不过，她显然是见卡尔这么做过才有样学样的。他怕贝蒂会说出去，他不能冒这个险，所以就安排这个女人绑架了孩子。"

汤米说："这么一来就清楚了。"

"没错，事情开始理出个头绪来了，很不错。你可以先放一放这件事，把工作再推进一些。"

"的确需要再进一步。"

塔彭丝点点头。

战事吃紧。法国突然出人意料地宣布投降——连它自己的国民都感到大惑不解、沮丧灰心。

法国海军都不确定目的地在哪儿。

如今法国的海岸线已经完全掌握在德国人手中，入侵的说法已不再是遥远的事了。

汤米说：

"卡尔·范·德尼姆只是链条上的一个环节。佩伦娜太太才是源泉。"

"没错，我们必须尽快抓住她的把柄。可这并不容易。"

"是的。不管怎么说，如果她是整件事的主谋，那确实难办。"

"这么说，M是佩伦娜太太？"

汤米觉得一定是她。他慢条斯理地说：

"你真的认为这女孩没有参与其中？"

"我非常肯定。"

汤米叹了口气。

"好吧，你应该知道的。不过，如果是这样，那她可真倒霉。先是她所爱的人——然后是她妈妈。她还能剩下什么？"

"我们帮不了她什么。"

"是啊，不过如果我们想错了呢——如果M或者N是别人呢？"

塔彭丝冷冷地说：

"你还在纠结这件事吗？你不觉得这是你一厢情愿的想法吗？"

"你这话是什么意思？"

"希拉·佩伦娜，这就是我的意思。"

"你这样不是很荒谬吗，塔彭丝？"

"不。她征服了你，汤米，就像其他男人一样——"

汤米气愤地回答说：

"根本不是。我只是有自己的想法。"

"什么想法？"

"我认为还是让我自己一个人好好想一想吧，看我们俩谁是正确的。"

"好吧,我想,我们两个都应该全力去跟踪佩伦娜太太。看看她都去了哪儿,见过什么人——所有这些事。总会在什么地方找到关联的。你最好今天下午就让艾伯特去跟踪她。"

"你可以去做这事。我很忙。"

"你忙什么?"

汤米说:

"打高尔夫。"

第九章

1

"好像还跟以前一样,是吗,夫人?"艾伯特眉开眼笑地说。虽然人到中年,略微发福,但艾伯特仍然有一颗年轻的心,而当年,正是这种理想主义情怀,将他带入了年轻的汤米和塔彭丝那充满冒险和刺激的事业。

"还记得我们第一次见面时的情形吗?"艾伯特问,"我正在高级宾馆擦那些黄铜家具。哎,那个搬运工很坏吧?我一直都觉得他不是好人。那天你来找我,还给我编了个故事,全都是谎话,是关于一个叫瑞黛·丽塔的骗子的故事,除了几句话,其他都是假的。似乎从那个时候起,我就再也没回头。可以这么说,我们经历了很多风风雨雨之后才安定下来。"

艾伯特轻叹一声,于是塔彭丝自然而然地问起了艾伯特太太的身体状况。

"哦,我太太还好——不过她说她不怎么喜欢威尔士人,觉得他们应该好好学一学英语。至于空袭,嗯,已经有过两次了,田野里炸开的大洞能放进一辆汽车,她是这么说的。所以,安不安全的不好说,大概跟在肯宁顿差不多,她说,在那儿不用非得看那些让人伤心的树,还能喝上干净的瓶装牛奶。"

"我不知道,"塔彭丝忽然很难过,"该不该把你拉进来,艾伯特。"

"别乱说了,夫人,"艾伯特说,"我不是一直想加入你们的部门吗?可是他们太傲慢了,看都不看我一眼。他们说等把我这个年龄的人凑成一个组再说。我身体棒极了,就是想去打仗驱除该死的德国人——请原谅我说话不好听。你只要告诉我怎么破坏他们的行动,阻止他们前进就行了,我立马照办。第五纵队,正是我们要对付的,报纸上都这么说——虽然他们没提其他四个纵队的事。长话短说,你和贝尔斯福德上校尽管吩咐吧,我准备好去帮助你们了。"

"很好,那么我来告诉你我们想让你做什么。"

2

"你认识布莱奇利多久了?"走出发球区后,汤米一边问,一边赞赏地看着自己的球跳向球道的中间。

海多克中校刚刚打出一个好球,他扛着球杆,一脸的心满意足。

"布莱奇利?让我想想。哦,大概有九个月了。他是去年秋天来的。"

"我记得你说过,他是你朋友?"汤米撒了个谎。

"我说过吗?"中校有点儿吃惊,"不,我没说过。我跟他是在俱乐部认识的。"

"我觉得他挺神秘的。"

很明显这次中校着实吃了一惊。

"神秘?布莱奇利?"他显然对此表示怀疑。

汤米暗自松了口气。他觉得自己可能想多了。

他又打了一个上旋球。海多克用铁杆打了一记，球刚好落在球穴区的草坪上。回到汤米身旁的时候，他说：

"你怎么会觉得布莱奇利神秘呢？应该说，他是个烦人的、无聊的家伙——典型的军人。一头钻进自己的世界——生活圈子狭窄，只知道过军人的生活——根本不神秘！"

汤米含糊地说：

"哦，我只是听别人这么说的。"

两个人继续打球。中校赢了。

"三比二。"他满意地说。

然后，就像汤米希望的那样，他的心思从比赛回到了刚才汤米说的话题上面。

"你说他怎么个神秘法？"他问。

汤米耸耸肩。

"哦，就是好像没人跟他比较熟悉。"

"他以前住在拉戈比郡。"

"哦，你确定吗？"

"这个，我——哦，不，我自己也不知道。我说，梅多斯，怎么了？布莱奇利有什么问题吗？"

"哦，不，当然没有了。"汤米急忙否认。他已经下了鱼饵，现在只需要静观其变。

"我一直觉得这家伙很可笑。"海多克说。

"就是，就是。"

"啊，对了——我明白你的意思了。也许你是说他很像一种人？"

"我在诱导证人，"汤米心想，"也许这位老兄会忽然想起点什么来。"

"没错，我明白你的意思了。"中校若有所思地说，"再想一想，其实，在他来这儿之前认识的人，我一个都没见过。在这儿，他没有一个老朋友——这种类型的朋友也没有。"

"啊！"汤米说，"我们接着打球吗？也许能多玩一会儿，下午的天气这么好。"

他们坐车过去，各自打球去了。在草地上再次会合的时候，海多克忽然说：

"告诉我，你听到别人说他什么了？"

"没什么——没有。"

"不需要对我这么谨慎，梅多斯。我听过各种各样的谣言。你知道吗，谁都过来找我，他们都知道我对这方面的事很有兴趣。怎么回事——布莱奇利表里不一吗？"

"只是那么一说罢了。"

"人们是怎么看他的？野蛮人？瞎说，他和你我一样都是英国人啊。"

"哦，是的，我相信他没问题。"

"他总嚷嚷着政府应该拘留更多的外国人。你看他抵触那个德国小伙子的时候多激烈啊——不过似乎他这么做是对的。警察局局长私下跟我说，他们发现了很多证据，多得够让卡尔·范·德尼姆绞死十几次了。他有个计划，就是在全国的水源里下毒，而且他正在研究一种新型毒气——是在我们的一个工厂里制造的。天哪，我们的人民多么目光短浅啊。怎么能让那家伙一开始就进了我们的工厂。我们的政府什么人都相信！一个年轻人在战争爆发前跑到我们这里，抱怨自己受到了迫害，政府就闭起眼睛，把我们所有的机密都给他看。他们也是这么愚蠢地对待那个叫哈恩的家伙的——"

汤米不想让中校跑到前面去,故意没把球打进洞里。

"运气不好。"海多克大声说。他小心地打了一个球,球进了洞。

"我赢了。你今天打得不太好。我们刚才说什么来的?"

汤米坚定地说:

"说布莱奇利这个人完全没问题。"

"当然了,当然了。我不明白——我听人说过一个关于他的非常可笑的故事——当时我并没有多想——"

这时,过来两个人跟他们打招呼,这让汤米很是恼火。四个人回到俱乐部,喝了点东西。之后,中校看了看手表,说他和梅多斯该走了。因为汤米接受了中校的邀请,去他家吃晚饭。

"走私者落脚点"还和往常一样井然有序。服侍他们用餐的是一个高个子的中年男仆,他动作熟练,十分专业。这种周全的服务在伦敦大酒店以外的地方并不常见。

仆人离开房间之后,汤米便说起了对仆人的看法。

"是啊,能找到阿普尔多尔这样的仆人真是运气好。"

"你是怎么找到他的?"

"其实是他看到了我刊登的广告过来应聘的。他证件齐全,比其他应征者优秀多了,而且工资要的也不高。我当时就决定了。"

汤米笑着说:

"战争让我们无法享受高级餐厅式的服务,实际上,好的服务员都是外国人。英国人做起这个来比较别扭。"

"因为这需要卑躬屈膝吧。英国人不愿意点头哈腰地伺候别人。"

他们坐在外头,啜饮着咖啡。汤米轻声问道:

"刚才在球场上你想说什么来的？什么关于布莱奇利的可笑故事？"

"那是什么？你看见了吗？海面上好像有灯光。我的望远镜呢？"

汤米叹了口气。他今天好像运气不好。中校大惊小怪地跑进屋子又跑了出来，举着望远镜扫视大海，一边看，一边说着敌人的整个信号系统，他们可能会在海岸上建立什么据点，尽管现在没有什么证据能证明。他还对汤米描绘了一幅在不久的将来，敌人成功入侵的、让人郁闷的画面。

"没有组织，没有恰当的协调。梅多斯，你自己也是个联防队队员——你知道这是什么感觉——让老安德鲁斯这样的家伙来负责——"

还是那句老生常谈。这是海多克最爱抱怨的事。要让他说，他应该是发号施令的那个人，而且要是可能的话，他势必取代老安德鲁斯。

男仆端来了威士忌和甜酒，而中校还在滔滔不绝地说着。

"——而且我们这里仍然潜伏着间谍——被他们搞得千疮百孔。上次世界大战也是这样——理发师、侍者——"

汤米往后靠了靠。阿普尔多尔放下饮料，脚步轻盈地出去了。汤米瞥见他的侧面，心想：

"侍者？叫他弗里兹[①]比阿普尔多尔更顺口些……"

那么，为什么不行呢？这个家伙英语说得真不错，不过很多德国人也能说得很好。他们在英国的旅馆里工作了很多年，英语练得好极了。而且，种族的特征都差不多。金色头发、蓝色眼

[①]德国的常见人名，有时代指"德国人"。

睛,只是头的形状常会有所不同——没错,头形——最近他在哪儿见过呢……

他随口说出来的话,倒是跟中校正说的内容非常贴切。

"这么多要填的表格。什么用都没有,梅多斯,净是些愚蠢的问题——"

汤米说:

"我知道,像是'你叫什么名字?'请回答是 N 还是 M。"

突然哗啦一声,瓶子倒在托盘里。阿普尔多尔,那个完美的仆人,身子晃了晃,薄荷甜酒洒在了汤米的手上和袖口上。

仆人结结巴巴地说:"对不起,先生。"

海多克暴跳如雷:

"你这头该死的蠢猪!你他妈的到底在干什么?"

他那张原本就红红的脸因为愤怒而变成了绛紫色。汤米心想:"说到陆军的脾气——海军远远超出一大截!"海多克还在大骂,阿普尔多尔只是可怜兮兮地道着歉。

汤米有些替那个人难过。可是突然,好像施了什么魔法似的,海多克的愤怒消失了,又恢复了平时那种热情的样子。

"赶快洗一洗吧。这东西真讨厌。幸好是一点儿甜酒。"

汤米跟在他身后来到那间豪华的、满是昂贵玩意儿的浴室,小心地冲洗那黏黏的甜酒。中校在浴室隔壁跟他讲话,声音听上去有些愧疚。

"刚才我可能有些失控,可怜的阿普尔多尔,他知道我只是脾气有点儿大,并不是真想怎么样。"

汤米从洗脸池旁边转过身去擦手,没注意到有块肥皂滑落在地板上,他一脚踩在上面,而那油毡地板也相当光滑。

一眨眼的工夫,汤米就像个发了狂的芭蕾舞演员那样迈着步子,张开双臂,滑倒在浴室的那一边,一只手碰到了浴缸右边的水龙头,另一只则重重地推了一下那个小浴室柜的一侧。要不是刚刚这个灾难性的突发事件,汤米也不可能做出这个极其夸张的动作。

他的一只脚也打着滑重重地撞在浴缸一端的嵌板上。浴缸触动了一个隐秘的转轴,从墙边滑了出来,一个光线昏暗的壁龛显现出来,汤米可以确定里面的东西是一台无线电发报机。

中校的声音戛然而止。门口突然出现了他的身影。汤米的脑海中响起咔嗒一声,很多事情都有了眉目,变得清晰起来。

自己是瞎了吗?那张快活的、红润的脸——那个"热心的英国人"的脸——只不过是一张面具。为什么他一直没有看到这一点呢——暴躁、专横的普鲁士军官的真实身份。无疑,刚才发生的意外帮了汤米的忙。他又回想起另一个意外事件。普鲁士军官欺负下属时的样子,就透着一股普鲁士贵族特有的专横与无礼,这跟今天晚上海多克中校忽然性情大变,责骂仆人的情形一模一样。

一切都很吻合——吻合得不可思议。好一个双重诡计!敌人先派间谍哈恩布置场地,雇用外国工人,引起人们对他的注意,然后进行计划的下一个步骤——被英勇的英国海军军官海多克中校揭穿真面目。之后这个英国人自然而然买下了这座房子,见人就说他的事迹,不断地重复,直到大家都厌烦了。于是N就安安稳稳地进入了这个指定的地点。这里海运便捷,又有那台无线发报机,跟住在桑苏西的同伙近在咫尺,这些都为执行德国人的计划做好了准备。

汤米不得不钦佩敌人的计划。一切都安排得天衣无缝。他自己从来没有怀疑过海多克——他认为海多克的身份是真实的——

只是一个出乎意料的偶然事件才揭示了事情的真相。

所有这些想法都在转念之间,他当然知道自己的处境肯定极其危险,除非他把那个容易上当受骗的英国笨蛋的角色扮演好。

他转向海多克,大声笑了起来——希望自己的声音听上去还算自然。

"天哪,在你这儿总能遇到让人吃惊的事情。这又是哈恩的小玩意儿吗?那天你没让我看这个啊。"

海多克站在那儿,一动也不动。他那堵在门口的庞大身躯显得有些紧张。

"我真不是他的对手,"汤米心想,"而且还有那个该死的男仆。"

有那么一瞬间,站在那儿的海多克仿佛成了一尊石像。之后他便放松下来,笑着说:

"见鬼,太有意思了,梅多斯,你滑倒在地板上的样子就像个芭蕾舞演员。这种时刻真是千载难逢啊。把手擦干,去别的房间吧。"

汤米跟着他走出浴室,身上的每块肌肉都处于警惕和紧张之中。他一定要设法安全地将这个秘密带出这里。他能否成功地骗过海多克?听他的语气还算自然。

海多克一只胳膊搂住汤米的肩膀,显得很随意(不过也有可能是故意的),带他走进客厅,然后转过身,把门关上了。

"听着,老兄。"

他的声音友好、自然——只是有点儿窘迫。他示意汤米坐下。

"有点儿难以开口,"他说,"说真的,确实有些尴尬。不过没关系,我信任你。但是你一定要保密,梅多斯,你明白吗?"

汤米努力做出急切、感兴趣的表情。

海多克坐下来，把椅子拉近一些，显出推心置腹的样子。

"你瞧，梅多斯，是这样的。没人知道我在情报部MI42BX工作——这就是我所在的部门。你听说过吗？"

汤米摇摇头，表情越发好奇了。

"嗯，这是个非常秘密的部门，是内部方面的，如果你明白我的意思的话。我们把某个情报从这里发送出去——但如果泄露出去那就完蛋了，你明白吗？"

"当然，当然，"梅多斯先生说，"太有意思了！你当然可以相信我，我一个字也不会说的。"

"是的，这绝顶重要，绝顶机密。"

"完全了解。你的工作一定是惊心动魄的。真的很刺激。我真想多知道一点儿——但我想我还是不问的好。"

"没错，我什么都不能跟你说。你知道，这事是非常机密的。"

"哦，是的，我懂。我真的很抱歉——刚才真是意想不到——"

他寻思着："他会相信吗？他不相信我会相信这些吧？"

汤米觉得这一切都不可思议。之后他又想到，虚荣是很多人失败的根源。海多克是个聪明人，是个大人物——而这个可怜的梅多斯是个愚蠢的英国人——这种人什么都相信。要是海多克也这么想就好了。

汤米继续说着，装得很好奇、很有兴趣似的。他说他知道自己不能问问题，但是——他觉得海多克中校的工作一定万分危险。去过德国吗？在那儿工作过吗？

海多克回答得和蔼又亲切。现在的他又是一个热情的水兵了——那个普鲁士军官消失了。但现在汤米是从一个新的视角来看待他，真不明白自己怎么就被骗得团团转。他脑袋的形状、下巴的线条,一点儿英国人的样子都没有。

过了一会儿,梅多斯先生站起身。这是一个严峻的考验。他会放自己走吗?

"现在,我得走了——太晚了——我很抱歉,但我向你保证,我半个字也不会跟别人说的。"

(成或不成,在此一举。他会不会让我走?我得做好准备——最好直接对着他的下巴来一下——)

梅多斯先生一边和蔼可亲、激动地说着,一边向门口走去。他走到了门厅……他打开了前门……

透过右边那扇门,他看见阿普尔多尔正在往托盘里摆放第二天早饭用的刀叉。(见鬼,这个蠢货是要放他走了!)

两个人站在门廊闲聊了两句——约好下星期六再一起打球。

汤米冷冷地想:"对你而言,没有星期六了,老兄。"

外面的路上传来声音。两个男人刚从岬角回来,他们跟汤米和海多克都只是点头之交。汤米跟他们打了个招呼,两人便停了下来。四个人站在门口说了两句话之后,汤米亲切地跟海多克挥手告别,跟那两个人离开了。

他居然带着这个秘密逃脱了。

海多克,该死的傻瓜,上当了!

他听见海多克走回那幢房子,关上了门。汤米便跟那两个刚遇见的朋友一起小心地走下山了。

看样子要变天了。

老门罗又不能参加这次比赛了。

阿什比拒绝加入联防队,他说这队伍一点儿都不好,让人讨厌。那个年轻的马什,那个助理球童,是个拒绝服兵役的家伙。梅多斯先生不觉得应该向委员会报告这件事吗?前天晚上,南安普顿又遭遇空袭,损伤无数。梅多斯先生是怎么看西班牙的?事态会恶化吗?当然,尤其是法国沦陷以后——

汤米本来可以放开声音跟他们大声聊天的。这种随意的正常的谈话多好啊。这两个人在那个时刻出现,真是上天的安排。

在桑苏西门口,他跟两个人道了别,便转身走了进去。

他吹着口哨走上车道。

刚刚转过杜鹃花丛黑暗的拐角,便有个东西重重地落在了他脑袋上。他眼前一黑,倒在地上,不省人事了。

第十章

1

"你说的是黑桃三吗,布伦金索普太太?"

没错,布伦金索普太太是说黑桃三。刚刚接完电话的斯普洛特太太气喘吁吁地跑过来,说:"他们又改了防空措施考试的时间了。真糟糕。"然后,她开始叫牌。

和平时一样,明顿小姐啰里啰唆地耽误了不少时间。

"我说梅花二了吗?你听清了吗?我还以为我说的是'没王'——哦,没错,是的,我想起来了。凯利太太要的是红桃一,对吗?虽然我点数不够,可我打算叫无将牌的。玩牌的时候就是需要勇气……后来凯利太太叫了红桃一,我只能出梅花二。我始终认为要是一把牌中有两种短套牌,那就比较难办了——"

"有时候,"塔彭丝心想,"明顿小姐干脆把牌亮给大家,就都省事了。要是不把手里的牌都说个清清楚楚,她会憋死的。"

"那么,这就对了。"明顿小姐得意地说,"红桃一,梅花二。"

"黑桃二。"塔彭丝说。

"我说'过',是吗?"斯普洛特太太说。

他们看看凯利太太,她正倾下身,听大家说话。明顿小姐接着说：

"之后凯利太太叫了红桃二，我叫了方块三。"

"我叫黑桃三。"塔彭丝说。

"过。"斯普洛特太太说。

凯利太太沉默地坐在那儿，终于，她发现大家都在看她。

"哦，天哪，"她的脸红了，"真抱歉，我在想可能凯利先生需要我帮忙。希望他在阳台上没事。"

她看看这个，又望望那个。

"或者……如果你们不介意的话，我最好还是去看看吧。我听见一声奇怪的动静，也许是他把书掉在地上了。"

她飞也似的从窗口出去了。塔彭丝生气地叹了口气。

"她应该在手腕上绑一根线，"她说，"他有需要的时候就扯一下。"

"真是个忠实的妻子，"明顿小姐说，"看她这样真好，对吧？"

"好吗？"塔彭丝气呼呼地说，心情十分不好。

三个女人沉默地坐了一会儿。

"今天晚上希拉去哪儿了？"

"去看电影了。"斯普洛特太太说。

"佩伦娜太太呢？"塔彭丝问道。

"她说她要在自己房间里算账，"明顿小姐说，"真可怜，算账太累人了。"

"她也不是一晚上都在算账，"斯普洛特太太说，"我在前厅打电话的时候看到她刚从外面回来。"

"不知道她去哪儿了。"似乎她的生活中永远充满了这种小惊奇，"不是去看电影了，因为还没散场呢。"

"她没戴帽子,"斯普洛特太太说,"没穿外套。头发乱乱的,我以为她是跑进来的呢,上气不接下气的。她一句话也没说就上楼了,还瞪了我一眼——绝对是在瞪我——可是我肯定我绝对没做什么让她不高兴的事。"

凯利太太从窗口回来了。

"真是没想到,"她说,"凯利先生把花园走了个遍。他说他特别喜欢这样,况且天气又很好。"

她又坐了下来。

"让我想想——哦,我们重新叫牌怎么样?"

塔彭丝强忍着不再叹气。她们已经叫过牌了,该她出黑桃三了。

大家准备再发一次牌的时候,佩伦娜太太走了进来。

"出去散步很享受吧?"明顿小姐问道。

佩伦娜太太直直地瞪着她,目光来势汹汹、令人不快。她说:

"我没出去过。"

"哦——哦——我听斯普洛特太太说你刚刚回来。"

佩伦娜太太说:

"我只是出去看看天气。"

声音中满是不高兴。她含着敌意扫了一眼那个温顺的斯普洛特太太,斯普洛特太太涨红了脸,看上去有些害怕。

"真没想到,"凯利太太贡献出一条新闻,"凯利先生走遍了整个花园。"

佩伦娜太太厉声说道:

"他去那儿干什么?"

凯利太太说:

"今晚天气很好,他只围了一条围巾,都没戴第二条。到现在都还不想回来呢。希望他别着凉就好。"

佩伦娜太太说:

"还有比着凉更糟的事,随时随地都有可能从天上掉下个炸弹,把我们炸得粉身碎骨。"

"哦,天哪,我可不希望发生这种事。"

"你不希望?我可盼着能这样呢。"

佩伦娜太太走了出去。四个玩桥牌的人盯着她的背影。

"今天晚上她看着有点儿古怪。"斯普洛特太太说。

明顿小姐身体往前一探。

"你们不觉得——"她左右看了看,大家立刻把脑袋凑在一起,明顿小姐细声细语地说道,"你们没发觉她喝酒了吗?"

"哎呀,"凯利太太说,"怪不得。这就明白了。有时候她确实——确实莫名其妙。你觉得呢,布伦金索普太太?"

"哦,我可不这么认为。我觉得她在担心什么。呃——该你了,斯普洛特太太。"

"天哪,我叫什么好呢?"斯普洛特太太看着手里的牌说。

没人愿意告诉她,不过,明顿小姐毫不掩饰自己的好奇,一直盯着她的牌,也许她有资格给个建议。

"是贝蒂吗?"斯普洛特太太抬起头问。

"不,不是。"塔彭丝肯定地说。

她觉得要是不能继续玩牌,她肯定会大叫的。

斯普洛特太太茫然地看了看手表,显然还惦记着孩子。然后她说:

"哦,我想,是方块一。"

大家轮流叫着牌。凯利太太先出了一张。

"他们说，要是不确定的话，就出王牌。"她喊喊喳喳地说着，亮出一张方块九。

这时传来一个深沉而和蔼的声音：

"该死的，你们在这儿玩牌！"

欧罗克太太站在窗口，喘着粗气，两只眼睛闪闪发光，样子有些狡猾，似乎不怀好意。她走了进来。

"桥牌是个安静的游戏吗？"

"你手里是什么？"斯普洛特太太感兴趣地问。

"一把锤子，"欧罗克太太温和地说，"我看见它放在车道上，不知道是什么人落在那儿的。"

"怎么会把锤子扔在那种地方？真奇怪。"斯普洛特太太疑惑地说。

"可不是嘛。"欧罗克表示同意。

今天晚上她的心情好像很好，摇晃着锤子就去前厅了。

"让我想想，"明顿小姐说，"什么王牌来着？"

大家又玩了五分钟，没有人再来打断她们。后来，布莱奇利少校走了进来，他刚刚看完一场叫《吟游诗人》的电影。他兴致勃勃地给女人们讲起了这个发生在查理一世时期的故事。作为一个军人，少校对十字军东征的事情批判颇多。

最后一场决定胜负的桥牌没有打完就结束了。因为凯利太太看了看手表，发现时间很晚了，不禁尖叫起来冲出房间去找她丈夫凯利先生。虽然变成了一个被忽视的病人，但他对自己倒是很赞赏，阴沉地咳嗽着，剧烈地抖动，连声说道："一点儿关系都没有，亲爱的，希望你玩得高兴。就算我着了凉也没事。现在可是在打仗啊！"

2

第二天吃早饭的时候,塔彭丝立刻感到了空气中的那股紧张气氛。

佩伦娜太太双唇紧闭,只说了几句话,但语气十分尖刻,离开餐厅时的样子只能用怒火冲天来形容。

布莱奇利少校把厚厚的柠檬酱涂在吐司上,低沉地咻咻笑着。

"气氛有些冷嘛,"他说,"哦,我想,这也是意料之中的。"

"为什么?出什么事了?"明顿小姐着急地探过身去想问个明白,细而长的脖子不住地抽动着。

"不知道该不该在背后说人闲话!"布莱奇利的话更让人觉得好奇了。

"哦,布莱奇利少校!"

"快说吧。"塔彭丝说道。

布莱奇利少校若有所思地看着他的听众:明顿小姐、布伦金索普太太、凯利太太和欧罗克太太。斯普洛特太太刚刚带着贝蒂走了。于是,他决定把事情说出来。

"是梅多斯,"他说,"这老家伙一整晚都在外头闲逛,到现在都没回来呢。"

"什么?"塔彭丝大声说。

布莱奇利少校幸灾乐祸地瞥了她一眼。他就喜欢看这个爱算计的寡妇那副狼狈样子。

"贪玩嘛,这个梅多斯,"他咯咯咯地笑了,"佩伦娜太太当然会生气了。"

"哦,天哪。"明顿小姐说,她脸色通红。凯利太太面露惊讶，而欧罗克太太只是咯咯地笑着。

"佩伦娜太太已经跟我说了，"她说，"啊，好啦，男人就是男人。"

明顿小姐急切地说：

"可是，也许——梅多斯先生遇上什么意外了。你知道，灯火管制的时候会黑乎乎的。"

"灯火管制！"布莱奇利少校说，"责任重大啊。我跟你说，你要是参加了巡逻队，一定会大开眼界的。比如拦下一辆汽车，里面的妻子是'跟丈夫一起回家'，可身份证上却不是一个姓！几个小时以后，妻子或者丈夫就会一个人开着车原路返回了。哈哈！"他大笑起来，却看到布伦金索普太太正不以为然地瞪着自己，便赶紧收起了笑容。

"人性——有点儿搞笑，对吧？"他语气缓和了一些。

"哦，可是梅多斯先生，"明顿小姐的声音在颤抖，"也许真的出什么事了，被车撞了什么的。"

"我猜他会这么说的，"少校说，"一辆车把他给撞了，早上才苏醒过来。"

"也许有人送他去医院了。"

"那他们就会通知我们的。毕竟，他带着身份证呢，对吧？"

"天哪，"凯利太太说，"不知道凯利先生会怎么说。"

没有人回答这个夸张的问题，塔彭丝就装出一副自尊心受伤害的样子，起身离开了餐厅。

她关上门后，布莱奇利少校轻声一笑。

"可怜的老梅多斯，"他说，"漂亮的寡妇气恼了，她还以为鱼已经上钩了呢。"

"哎呀，布莱奇利少校。"明顿小姐颤抖地说。

"记得狄更斯说过一句话吗？小心寡妇，萨米。"

3

汤米的突然缺席让塔彭丝有些不安。她竭力安慰自己，也许他发现了什么重大线索，出门调查去了。两个人已经预料到，在这种情况下互相传递消息比较困难，所以他们商量好，如果对方莫名其妙地不在旅馆了，那千万不要太过焦急。为了应付类似的紧急情况，他们还商定了一些暗号。

按照斯普洛特太太的说法，佩伦娜太太昨天晚上出去过，但这一说法遭到了佩伦娜太太的极力否认，这样一来，更加引人猜测。

也许汤米在暗中监视她的秘密活动，发现了一些值得追查下去的线索。

毋庸置疑，他会用商量好的方式跟塔彭丝联系的，否则很快就会回来。

尽管这样，塔彭丝还是很担忧。她认为，既然自己扮演的是布伦金索普太太这个角色，那么表现出好奇甚至是焦虑也是很自然的，所以她径直去找了佩伦娜太太问问情况。

说到这个话题，佩伦娜太太似乎很不高兴。她声称房客的这一类行为是不可原谅的，也无须掩饰。

塔彭丝上气不接下气地说：

"哦，可也许他出了什么意外。我敢说他肯定是出事了。他不是这种随便的人。一定是让车撞到了什么的。"

"也许很快就能知道了。"佩伦娜太太说。

但是一天过去了，还是不见梅多斯先生的人影。

傍晚，在房客们的多次要求下，佩伦娜太太很不情愿地给警察局打了个电话。

一位警官拿着小本子来桑苏西做了个调查，发现了一些实情。十点半，梅多斯先生离开了海多克中校的家，从那儿跟沃尔特斯先生和柯蒂斯医生一起走到了桑苏西门口，就是在那儿，他跟那两人道了别，转身走到了汽车道上。

从那时候起，梅多斯先生似乎就消失了。

塔彭丝琢磨了一番，觉得有两个可能。

走上车道之后，可能汤米看到了迎面走过来的佩伦娜太太，便急忙藏进了灌木丛里，再偷偷跟着她。看到她跟某个陌生人见面，之后也许他去跟踪那个陌生人了，而佩伦娜太太则返回桑苏西。如果是这样，那他很有可能还活着，并且正忙着跟踪。那么，警察的好心帮忙反而会适得其反。

另一种可能就没那么乐观了。这一设想在塔彭丝眼前分成了两幅画面，一幅是佩伦娜太太从外面回来，"气喘吁吁、披头散发"，另一个是欧罗克太太微笑着站在窗口，手里拿着一把锤子。

那把锤子含有几种可怕的可能性。

因为，谁会把锤子扔在外面呢？

至于是谁挥动了这把锤子，就比较难猜了。一个最重要的证据就是佩伦娜太太回来的准确时间。十点半的时候，她一定在旅馆附近的某个地方，可是玩牌的几个人刚好就没人注意那时候究竟是几点几分。佩伦娜太太坚称自己没有出门，只是去看看天气。可是，光看天气是不至于这么气喘吁吁的。而且，她显然对斯普洛特太太看到了自己这一点非常生气。因为正常来说，那四个女人忙着打牌，是不会在意牌桌之外的事情的。

那精确的时间到底是什么时候呢？

塔彭丝发现大家对这个问题都没有印象。

如果时间上没有问题了,那么很明显,佩伦娜太太嫌疑最大。但也有其他可能。在汤米回来的那段时间内,桑苏西的房客中,有三个人是在外面的。布莱奇利少校去看电影了,但他是一个人去的,回来之后小心细致地重复着每一个情节,也许正好能说明他是故意给自己制造不在场证据。

还有那个病恹恹的、去花园闲逛的病人。要不是凯利太太过分担心自己的丈夫,大家还都以为他用毯子把自己裹得严严实实的,像个木乃伊似的坐在阳台的椅子里呢,谁也不会知道他其实是在花园里散步。(冒着被夜晚的空气长时间地侵害的危险去散步,这确实很反常。)

还有欧罗克太太,挥着手中的锤子,微笑着……

4

"怎么了,黛伯,你好像很担心似的。"

黛伯拉·贝尔斯福德吓了一跳,然后大笑起来,坦然地望着托尼·马斯顿那双充满了同情的棕色眼睛。她喜欢托尼,他有头脑——是编码部最聪明的新人——大家都说他将来大有前途。

黛伯拉热爱自己的工作,虽然会因为太过集中精神而有些疲惫。工作很累,但是很有价值,因此,她为这份工作如此重要而感到开心。这是真正的工作——不是整天待在医院只是为了等到一个看护伤病人员的机会。

她说:

"哦,没事,你知道,只是家里的事。"

"家里的事才麻烦呢。到底怎么了?"

"是我妈妈。老实说,我挺担心她的。"

"为什么?怎么了?"

"唉,你瞧,她跟我说她去康沃尔郡看望我那难伺候的老姑妈了,她都七八十岁了,老糊涂了。"

"听着挺让人担心的。"年轻人同情地说。

"没错。我妈妈这个人确实很伟大,但是她现在很郁闷,因为现在没人聘请她工作。在上次战争中,她做过护士还有别的什么——可现在完全不同了,他们需要的不是她这种中年人,而是我们这些腿脚灵活的年轻人。于是,就像我说的,她现在很郁闷,就到康沃尔郡跟老姑妈一块儿待着去了,打理打理花园,种些蔬菜什么的。"

"挺好的。"托尼说。

"嗯,她能这么做最好不过了。她总是很活跃。"黛伯拉温和地说。

"嗯,听上去很好。"

"可是,事实不是这样的。前两天收到她的一封信,信中的语气似乎挺高兴,这让我很开心。"

"那你还担心什么呢?"

"是这样的。前几天查尔斯要去那附近探亲,我便托他顺便看望一下我妈妈。他去了,但我妈妈不在那儿。"

"不在?"

"没错,不在那儿,而且压根儿就没去过!"

托尼显得有些尴尬。

"真奇怪,"他小声说道,"那——我是说——你爸爸在哪儿呢?"

"胡萝卜头?他在苏格兰某个地方的一个很糟糕的部门,整天忙着把文件抄写成一式三份,然后整理归档。"

"也许你妈妈跟他一起去了?"

"不可能,他去的那个地方不允许带着家眷。"

"哦,呃,那,我猜她一定是去哪儿溜达了。"

托尼更加不安了,尤其是黛伯拉那双忧虑的大眼睛哀愁地盯着他的时候。

"也许吧,可是为什么呢?太蹊跷了。她所有的来信都在说格雷西老姑妈啊花园啊什么的。"

"我知道,我知道,"托尼急忙说道,"她肯定是想让你认为——我是说——现如今,人们确实会时不时地去这儿去那儿的,如果你明白我的意思的话——"

黛伯拉凝视他的目光从忧郁变成了愤怒。

"如果你以为我妈妈是跟别的什么人过周末去了,那你就大错特错了。彻底错了。爸爸妈妈深爱着彼此——真正的忠诚。我们还常常用这个来开玩笑。她绝对不会——"

托尼急急地说:

"当然不会了,真抱歉,我不是这个意思——"

黛伯拉的气消了,眉头却皱了起来说:

"奇怪的是,前几天有人说在利汉普顿看见我妈妈了。我当然会说不是她了,因为她在康沃尔郡嘛,但是现在——"

托尼正拿着根火柴准备点着香烟,突然停了下来,火柴熄灭了。

"利汉普顿?"他忽然问道。

"没错,就是我妈妈最不可能去的地方。她到那儿根本没有事情可做,那里全都是些老头儿老太太。"

他点着香烟,随意地问道:

"上次大战时,你妈妈做什么工作?"

黛伯拉机械地回答道:

"哦,当护士,还给一个将军开过车——我是说军车,不是公交车。就是这种普通的事情而已。"

"哦,我想她也许跟你一样——在情报部工作。"

"哈,我妈妈可没做这种工作的头脑。不过,我觉得她和爸爸的确做过侦查类的工作,机密文件、间谍这一类的事。当然了,他们常常夸夸其谈,好像做过什么惊天动地的大事一样。我们不鼓励他们讲太多,因为你知道,家里人就是这样的——同样的陈年旧事说个没完。"

"哦,就是的,"托尼·马斯顿诚恳地说,"完全同意。"

第二天,黛伯拉回到单身宿舍的时候,吃惊地发现自己的房间有些不一样了。

她花了几分钟才明白是怎么回事。

她按响了电铃,质问女房东,那个一向放在五斗橱上面的大照片哪儿去了。

罗利太太又委屈又愤怒。

她也不知道发生什么事了,她自己碰都没碰过,也许格拉迪斯——

可格拉迪斯也否认动过它。也许是那个换煤气的人。

可是黛伯拉不相信煤气公司的员工会对一个中年妇女的照片有兴趣,进而偷走它。黛伯拉认为,很有可能是格拉迪斯把镜框给打碎了,于是匆忙之间把跟罪证有关的所有东西——包括照片——通通扔进垃圾箱里了。

对这件事,黛伯拉并没有想太多,以后让妈妈再给她一张就是了。

她想着想着,更烦了。

"老太婆去哪儿了啊?她应该告诉我的。当然,托尼说的那些都是胡扯,她不可能跟什么人走了,可这一切也太奇怪了……"

第十一章

1

这次,轮到塔彭丝跟老码头的那个钓鱼人说话了。

她抱着一线希望,期待格兰特先生能给她带来令人安慰的消息。然而,她的希望很快就落空了。他明确地告诉她,没有汤米的任何消息。

塔彭丝努力控制住自己的情绪,用一种公事公办的语调说道:

"有没有什么迹象表明他出事了?"

"没有。不过,先让我们假设他出事了。"

"什么?"

"我是说——假设他出事了,你会怎么做?"

"哦,我明白了……我……我当然会继续工作。"

"这就对了。战争结束再流泪吧。我们现在正处在最紧要的关头,而且时间紧迫。你汇报给我们的一份情报已经得到了证实,你偷听到的那个'第四'指的是下个月四号,是敌人向我们国家大举进攻的日期。"

"你确定?"

"非常确定。他们是做事有条理的人——我们的敌人。他们所有的计划都很周密,而且要付诸实施。真希望我们也能有这样的优点。不过,计划并不是我们的强项。没错,'第四'其实是个日期。现在这些空袭只是做做表面功夫——只是一些侦察——试探我们的防御和对空袭的反应。四号,才是真正的进攻。"

"可是,如果你知道这个了——"

"我们知道日期已经确定了,我们知道,或者我们以为我们知道粗略的进攻地点……(不过也有可能是错的。)我们尽最大努力做足了准备。但是就像那个古老的特洛伊围攻的故事一样,他们知道,我们也知道——对方的军事力量和部署。关键是藏在木马里的人!因为只有他们才能交出城门的钥匙。一些位高权重的人,通过发布一些相反的命令,让我们国家陷入混乱,而这正是德国人计划成功实施的必要条件。我们必须及时得到内幕消息。"

塔彭丝绝望地说:

"我觉得自己很没用——很没有经验。"

"哦,这个你不用担心。我们有很多有经验、有能力的人在做事——但是如果内部有叛徒的话,我们就不知道该相信谁了。你和贝尔斯福德是非正式人员,没人知道你们俩,所以你们有机会能成功——这也是你们已经取得部分成功的原因。"

"你能不能找人调查一下佩伦娜太太?你们肯定有几个可以完全信任的人吧?"

"哦,我们已经着手在做了。我们收到消息说,佩伦娜太太是爱尔兰共和军的成员,具有反英倾向。这已经得到了证实,但也仅此而已,我们并没有掌握更多的资料,没有得到我们最想要的重要证据。所以你要继续下去,贝尔斯福德太太,接着干吧。"

"四号,"塔彭丝说,"不到一个星期了?"

"整整一个星期。"

塔彭丝拳头紧握。

"我们一定要有所收获!我说'我们',是因为我相信汤米找到了什么线索,而这也是他失踪的原因。他正在跟踪一个重要头目。要是我也能发现点什么就好了。可我不知道。要是我——"

她皱着眉头,谋划着一种新的进攻方式。

2

"你瞧,艾伯特,这是一种可能。"

"我当然懂你的意思,夫人,可我得说,我一点儿也不喜欢这个主意。"

"我想会有用的。"

"是的,夫人,可是这样会暴露你自己,会受到敌人的攻击——所以我不喜欢——而且我相信先生也不会喜欢这个主意的。"

"我们已经试过了各种常规的办法,就是说,我们在身份保密的情况下尽力而为了。现在对我来说,唯一的机会就是公开地走出来战斗。"

"不知道你意识到没有,太太,这样一来可能会失去优势?"

"你今天下午说话的口气就跟BBC广播员似的,真讨厌。"塔彭丝不快地说。

艾伯特微微吃了一惊,恢复了平日的语气。

"昨天晚上我听了一段关于池塘生物的讲话,很有意思。"他解释道。

"现在我们没时间探讨什么池塘生物了。"塔彭丝说。

"我很想知道，贝尔斯福德上校在哪儿？"

"我也想知道。"塔彭丝心中涌起一阵痛苦。

"这很不正常，他一句话也没说就消失不见了。现在他应该向你传递个消息什么的，这就是为什么——"

"继续说，艾伯特。"

"我的意思是，如果他的身份已经暴露了，也许你更应该隐藏起来。"

他顿了顿，整理一下思路，然后又说："我是说，他们已经识破他了，但他们并不知道你的存在——所以你仍然需要秘密行事。"

"真希望我能下定决心。"塔彭丝叹了口气。

"你想用什么方法，夫人？"

塔彭丝若有所思地低声说道：

"我想我可以装作丢了写好的一封信——大呼小叫的，好像很着急的样子。之后就会在前厅找到这封信，那么比亚特丽丝就有可能放在桌子上，再然后，我们找的那个人就会过来看信的。"

"信里写什么呢？"

"哦，大概意思是我已经成功地查出那个有问题的人的身份了，明天我会做一个详细的报告。那么，艾伯特，N 或者 M 就会公开露面，并且找机会干掉我。"

"是的，也许他们真的会干掉你。"

"只要我提高警惕就行了。我想他们会骗我去某个地方——僻静的地方。这时候你就出现了——因为他们根本不认识你。"

"这么说，我要跟踪他们，并把他们当场抓获？"

塔彭丝点点头。

"好主意。我得好好考虑考虑——明天见。"

3

塔彭丝夹着一本别人推荐给她的"好书",刚刚从地方图书馆里走出来,就被一个说话声吓了一跳。

"贝尔斯福德太太。"

她猛地转过头,只见一个又高又黑的年轻人正礼貌而略带尴尬地冲她微笑着。

"呃——我想,你大概不记得我了吧?"

塔彭丝太熟悉这种说话的套路了,对方下一句要说什么她都能猜出来。

"我,呃,有一天,我跟黛伯拉去过你家。"

黛伯拉的朋友!黛伯拉有很多朋友。在塔彭丝眼里,他们都长得一个样。有的像这个年轻人一样黑黑的,有的是金发,偶尔有红头发的,但都是一种类型——和颜悦色、举止得当,只是以塔彭丝的标准,他们的头发有点儿长。(但每次她这么暗示的时候,黛伯拉都会说:"哦,妈妈,别那么老古董了。我受不了短头发。")

现在,忽然就遇见了她其中一个朋友,而且还被认了出来,塔彭丝有些气恼。不过,也许她能很快甩掉他。

"我叫安东尼·马斯顿。"年轻人说。

塔彭丝假装认出了对方,嘟囔着说:"哦,当然记得。"并跟他握了握手。

托尼[①]·马斯顿继续说道:

"我真高兴能找到您,贝尔斯福德太太。我跟黛伯拉做一样

[①]安东尼的昵称。

的工作,事实上,刚刚发生了一件很怪异的事情。"

"怎么了?"塔彭丝说,"什么事?"

"是这样的,您瞧,黛伯拉已经发现您并不像她想得那样,住在康沃尔郡。这样的话,事情对您来说有点儿棘手,对吗?"

"哦,真烦人。"塔彭丝担心地问,"她是怎么发现的?"

托尼·马斯顿做了一番解释,然后迟疑地说:

"当然,黛伯拉并不知道您真正在做的事。"

他谨慎地顿了顿,又说:

"我想,不让她知道,这一点很重要。其实,我的工作跟您的很相似。大家都以为我在编码部是个新人,其实我的任务是故意说一些对法西斯有好感的话——羡慕德国的制度,暗示跟希特勒结成同盟并非坏事,诸如此类吧——只是为了看看别人有什么反应。你知道,有很多腐败分子,而我们想要找到谁是最根源的那个。"

"腐败无处不在。"塔彭丝心想。

"黛伯一跟我提到您,"年轻人继续说道,"我就觉得还是直接过来找您比较好,提醒您可以编造一个看上去更真实的故事。您看,我碰巧知道您在做什么,而且所做之事非常重要。我想您可以装作去苏格兰找贝尔斯福德上校了,或许您可以说,上级已经允许您去那儿跟他一起工作了。"

"也许我会这么做的。"塔彭丝若有所思地说。

托尼着急地问:

"您不会认为我是多管闲事吧?"

"不不,我很感谢你。"

托尼说了一句与前一个话题不相干的话:

"我——呃,你知道——我很喜欢黛伯拉。"

塔彭丝扫了他一眼,觉得很有趣。

塔彭丝向来对那些对黛伯拉献殷勤的年轻人很粗鲁,可是就算这样,也赶不走他们。不过,那段时光似乎很遥远了。现在她觉得这个年轻人是个吸引人的小伙子。

她撇开这些她称之为"和平时代的想法",把注意力集中到目前这个问题上来。

过了一会儿,她慢腾腾地说:

"我丈夫不在苏格兰。"

"他不在吗?"

"不,他和我一起在这个地方。至少,前两天还在!现在——他消失不见了。"

"这可真糟糕。他是不是发现了什么?"

塔彭丝点了点头。

"我也这么想。所以,我不觉得他的失踪一定就是个坏兆头。我认为,他迟早会跟我联系的——用他自己的方式。"她微微一笑。

托尼有些不安地说:

"当然,我知道你们对这种事很在行。但还是小心点为好。"

塔彭丝点点头。

"我明白你的意思。书上写的那些美丽的女英雄总是很容易受人诱骗,但汤米和我有我们自己的方法。我们有一个暗号,"她微笑了,"一便士无事,两便士有事。"

"什么?"年轻人瞪着她,好像以为她疯了似的。

"我应该跟你解释一下,我在家里的昵称是'两便士[①]'。"

[①]塔彭丝,英文为Tuppence,与"两便士"Two Pence同音。

"哦,我明白了,"年轻人的眉毛舒展开来,"很巧妙啊。"
"但愿吧。"
"我不想干涉这件事——但是,我有什么可以帮忙的吗?"
"是的,"塔彭丝若有所思地说,"我想也许你可以。"

第十二章

1

经过长时间的昏迷之后,汤米感觉有一个炽热的火球在空中游动,火球的中间是一个疼痛的内核。宇宙在缩小,火球游动得更慢了——他忽然发现这个内核就是自己那颗疼得要命的脑袋。

慢慢地,他开始感觉到其他的东西——冰冷的四肢有些抽筋,饥饿,动弹不得的嘴唇。

火球摆动得越来越慢了……现在它变成了托马斯[①]·贝尔斯福德的脑袋,而且正搁在坚硬的地板上。非常坚硬的地板。事实上,很有可能是石头。

没错,他是躺在硬石头上,处于痛苦之中,不能动,饥饿难耐,很冷而且不舒服。

当然了,虽然旅馆的床从来就没有柔软过,也不可能——

哦,海多克!那个无线电发报机!那个德国侍者!在桑苏西门口转弯……

有人从后面悄悄地走了过来,打了他。这就是他头疼的原因。

---

①汤米是托马斯的昵称。

而他还以为自己带着那个秘密逃了出来!所以,海多克可没有那么傻!

海多克?海多克已经走回"走私者落脚点"了,而且关上了门。那他又是怎么下的山,跑到桑苏西等着汤米的呢?

不可能。要是他走过去,汤米肯定能看到他。

那是那个男仆?按照主人的吩咐先汤米一步到了桑苏西,埋伏在那儿?可是毫无疑问,汤米穿过前厅的时候,透过没关严的房门,看见阿普尔多尔在厨房里啊!还是说他看走了眼,认错人了?也许这样才能说得通。

不管怎样,这都不重要了。现在要做的就是弄明白自己在哪儿。

他那已经适应了黑暗的眼睛,发现了一团小小的、矩形的、昏暗的亮光,应该是个窗户或者格栅之类的东西。冷飕飕的空气有股发霉的气味,他想自己可能是躺在一个地下室里。他的手脚都被捆了起来,嘴巴里塞着什么东西,外面还被一条绷带勒得结结实实的。

"看起来就好像我能逃跑似的。"汤米心想。

他小心翼翼地试探着动一动四肢或者身体,但是没有成功。

就在这时,他听到吱嘎一声响,在他身后某处的一扇门被推开了,走进来一个举着蜡烛的男人。他把蜡烛放在地上。汤米认出来者是阿普尔多尔。男仆走了出去,再回来的时候拿着一个托盘,里面放着一些水、一个杯子、几片面包还有奶酪。

他先是弯下腰,试了试绑着汤米的绳子,然后摸了摸他嘴巴上的绷带。

他的声音非常平静。

"我会把这些给你解开,这样你才能吃喝。不过,要是你发出半点儿声响,我就立刻把你绑上。"

汤米想试着点点头,结果发现不可能,只好眨了几次眼睛表示同意。

阿普尔多尔接受了这个回答,于是小心翼翼地解开了绷带。

嘴巴自由了以后,汤米花了几分钟来活动下巴。阿普尔多尔把一杯水放到他嘴边。第一口咽得很费劲,后来就容易了。这杯水让他感觉好多了。

他僵硬地低声说道:

"这就好些了。我不像年轻那会儿了。现在吃东西吧,弗里茨——还是弗朗兹?"

那人静静地说:

"我的名字是阿普尔多尔。"

他把面包和奶酪送到汤米嘴边,汤米饿狼似的咬了一口。

又喝了一些水之后,他问:

"下一个节目是什么?"

阿普尔多尔再次拿起了绷带作为回答。

汤米飞快地说:

"我想见海多克中校。"

阿普尔多尔摇摇头,麻利地堵上汤米的嘴,出去了。

汤米在黑暗中陷入了沉思,一阵开门声把他从昏睡中惊醒了,这次是海多克和阿普尔多尔一起来的。嘴上的绷带被解开了,胳膊上的绳子也松开了,于是,汤米坐起来,伸伸胳膊。

海多克拿着一把手枪。

汤米底气不足地演起戏来。

他愤慨地说道:

"听我说,海多克,你这都是什么意思?袭击我——绑架——"

中校轻轻地摇了摇头。

他说：

"别费唇舌了，没用的。"

"难道就凭你是我们情报机关的人，你就认为自己可以——"

对方再次摇了摇头。

"不，不，梅多斯，你没有相信那个故事，别再装了。"

但是汤米一点儿也没有难为情的样子，他对自己说，对方没有那么确定。如果他继续扮演下去——

"你以为你是谁？"他问，"无论你有多大的权力，也不能这样对待我。我完全能做到对我们的秘密守口如瓶。"

对方冷冰冰地说：

"你做得很好，但是我可以告诉你，你是英国情报部的成员，还是一个傻乎乎的业余分子，这对我来说根本不重要——"

"你这卑鄙无耻的——"

"住嘴，梅多斯！"

"我告诉你——"

海多克那张凶残的脸向前逼近汤米。

"该死的，闭嘴！要是早几天，我还会查清楚你是谁，谁派你来的。现在，这都不重要了。你瞧，时间紧迫，而你，根本就没有机会把你发现的事情说出来了。"

"警察一旦知道我失踪了，就会找我的。"

海多克突然龇牙咧嘴地笑了。

"今天晚上还有警察来我这儿呢，都是我的朋友。他们还问了我很多梅多斯先生的事，对他的失踪很是关心。问起那天晚上他看上去怎么样，说了些什么话。他们做梦也想不到——怎么可能想得到呢——他们所说的那个男人就在他们脚下，在他们座位下面。你瞧，很显然，你离开这幢房子的时候还好好的，还是活着的。打死他们也想不到来这儿找你。"

"你不能永远把我关在这儿。"汤米情绪激动地说。

海多克恢复了他那极其英国化的态度。

"没那个必要，我亲爱的伙计。到了明天晚上，就会有一条船准时到达我的小海湾，为了你的健康着想，我们考虑让你来一次航海旅行——虽然我觉得你肯定等不到抵达目的地了，甚至到那个时候你都不在船上了。"

"我不明白你为什么不一下子打死我。"

"天气太热了，我亲爱的朋友，我们的海上交通偶尔也会中断，如果遇到这种情况，而屋子里有具尸体，那么人们就会闻到臭味的。"

"明白了。"汤米说。

他确实明白了。所有问题都一清二楚了。在船到来之前，他们还得留他活命。之后就会把他杀死或毒死，再把尸体运到海上扔下去。就算以后发现了尸体，也绝对不会和"走私者落脚点"扯上任何关系。

"我来这儿，"海多克继续说着，语气再自然不过了，"是问问你还有什么事——想让我们——呃，帮你做——你死了之后？"

汤米想了想，说：

"谢谢——但我不会让你们把我的一绺头发送给圣约翰森林里的那个小女人的。发工资的时候，她会想念我的——但是我敢说她很快就会找到新朋友的。"

他觉得，无论如何他都要给他们造成一种印象，那就是这事是他一个人干的。只要他们不怀疑塔彭丝，就算以后没有了他的参与，这场游戏也有胜利的可能。

"随你的便，"海多克说，"要是你真想给你的——你的朋友——捎信的话，我们会帮你送到的。"

那么，关于这个来路不明的梅多斯先生，他还是很想得到一点儿资料的。很好，汤米决定让他们继续猜下去。

他摇摇头。

"那好。"海多克的表情极其冷漠。他冲阿普尔多尔点点头。后者又绑住了汤米的手，堵上了他的嘴。之后，两个人走了出去，锁上门。

只剩下汤米独自躺在那儿思索着，心中五味杂陈，唯独没有快乐。现在的他不仅仅要面对即将到来的死亡，更重要的是，他无法留下任何有关这个发现的线索。

他的身体一动也动不了，脑子也很迟钝。他能不能利用海多克那个捎信的建议呢？如果他的脑袋灵活一点儿，也许会这么做的……但当时他脑子里空空如也……

当然，还有塔彭丝。可她又能做些什么呢？就像海多克刚刚说过的那样，汤米的失踪跟他没有任何关系。汤米离开"走私者落脚点"的时候还好好的，那两个和他一起走回桑苏西的人可以作证。就算塔彭丝有所怀疑，也不会想到海多克。也许她根本就不会怀疑什么，只是以为他在跟进什么线索。

该死的，当时要是警惕点就好了。

地下室里有一线亮光，是从上面墙角里的格子窗里照进来的，如果他能拿掉嘴里的东西，就可以大声求救了。也许会有人听见——虽然可能性不大。

之后半个小时，他都在忙着扭动绳索，试着咬断绷带，可是白费力气。负责捆绑的人都是内行。

他判断现在是傍晚了，海多克肯定出去了，他听不到上面有任何动静。

也许他正在打高尔夫，在俱乐部里跟别人一起猜测梅多斯先生出了什么事。

"前一天晚上还跟我一起吃晚饭来着——那时候看着挺正常的，可是忽然就没影儿了。"

汤米愤怒地扭动着。那个热诚的英国人！难道人们都瞎了，看不出来那颗子弹头似的普鲁士脑袋吗？他自己是没看出来。只有一流的演员才会得逞。

于是，他现在在这儿了——失败，可耻的失败——就像一只被五花大绑的鸡，谁也不知道他在哪儿。

要是塔彭丝有千里眼就好了！也许她会怀疑的。有时候，她有一种神奇的洞察力……

这是什么？

他竖起耳朵倾听远处的一个声音。

只是某人在哼着小调。

可是他只能在这儿，制造不出任何动静吸引别人的注意。

哼哼声越来越近了。非常不和谐的噪声。

虽然跑调了，但还能听出来是什么歌。起源于上次世界大战，这次大战再次流行起来。

"假如你是世上唯一的女孩，我就是那唯一的男孩。"

在一九一七年的时候，这首歌自己不知道唱过多少次。

这家伙真该死！就不能不跑调吗？

突然之间，汤米全身都紧张起来。这些跑调的地方是那么熟悉。只有一个人，会在特定的地方用这种特定的方式唱错！

"天哪，艾伯特！"汤米心想。

艾伯特正在"走私者落脚点"周围徘徊。艾伯特就近在咫尺，然而他却被绑在这儿，手脚不能动，一点儿动静都发不出来……

等等。是这样吗？

现在他只能发出一种声音——当然，跟张着嘴比起来，闭着嘴是比较困难，但还是能发出声音的。

于是，汤米开始拼了命地打鼾。他闭上眼睛，假装陷入沉睡之中，这样的话，就算阿普尔多尔走进来也不会起疑，然后他开始打鼾了，他打鼾了……

呼噜，呼噜——短鼾，短鼾，短鼾——停——长鼾，长鼾，长鼾——停——短鼾，短鼾，短鼾……

2

塔彭丝走了之后，艾伯特感到深深的不安。

随着时间的推移，他变成了一个脑筋不太灵光的人，但他仍然很固执。

他感觉形势很不对劲儿。

战争一开始就错了。

"那些德国人。"艾伯特忧郁地想着，心中并没有多少敌意，希特勒万岁，正步走过检阅台的人，毁灭世界的人。轰炸，机关枪扫射，所有这些都让他们成为可怕的瘟疫。必须阻止他们，除此之外，别无选择——不过目前为止，似乎没人能阻止得了。

而现在，贝尔斯福德太太——一位好得不能再好的夫人——也陷入了麻烦，而且看样子还要惹更多的麻烦。那他怎样才能阻止她呢？好像他也无能为力。他们现在面对的敌人是第五纵队，那些卑劣的人！他们之中有的还是土生土长的英国人！真丢脸！

而先生，那个总是把妻子从急躁中拉回来的人，失踪了。

艾伯特一点儿都不喜欢现在这个状态。在他看来，这事就是"那些德国人"指使的。

没错，形势很糟，确实很糟。看样子他必须得想个办法了。

艾伯特不擅长逻辑推理，和绝大多数英国人一样，只是凭着强烈的感觉在混乱中摸索，设法整理出个头绪来。下定决心务必找到上级之后，艾伯特就像一条忠实的老狗，动身寻找主人去了。

他并没有一个固定的行动计划，然而就像是一些重要的东西不见了，比如妻子丢了手袋或者他找不到自己的眼镜时那样，他有自己用惯了的法子。就是说，他会从最后一次看见这东西的地方开始找。

既然这样，那么大家知道的关于汤米的最后一件事就是，他在"走私者落脚点"跟海多克中校一起吃了晚饭，然后回到桑苏西，转进大门口之后就再没人见过他了。

于是艾伯特爬上山，来到桑苏西门口，满怀希望地瞪着大门看了五分钟。没发现什么让他感兴趣的东西。他叹了口气，缓缓地向另一座山上的"走私者落脚点"走去。

上个星期，艾伯特也去电影院看了《吟游诗人》，这部影片的主题给他留下了深刻的印象，太浪漫了！他不由得想起自己现在的处境跟电影里很相似。他，就像荧幕上的那个英雄，拉里·库珀，寻找被囚禁主人的忠心仆人。以前曾跟随主人四处征战，如今主人被叛徒出卖，只有他这个忠仆才能找到主人，并把他送回贝伦加丽亚王后那充满爱的怀抱之中。

忠实的仆人找寻了一个又一个城楼,每到一处,他都会满怀深情地唱着:"查理,哦,我的王。"

可惜他自己并不擅长唱歌。

他需要花好长时间才能唱对一个音调。

他撅着嘴吹起了口哨。

人们最近又开始老调重唱了。

"假如你是世上唯一的女孩,我就是那唯一的男孩。"

艾伯特停住脚,观察着"走私者落脚点"整洁的白色大门,这就是先生去吃晚饭的地方。

他再往山上走一点儿,向四周的丘陵望去。

什么都没有,除了草地和几只羊。

"走私者落脚点"的大门忽然开了,驶出来一辆汽车。一个穿着灯笼裤、带着高尔夫球杆的大块头男人开着车下了山。

"那就是海多克中校吧。"艾伯特心想。

他漫步向山下走去,同时盯着"走私者落脚点"。一处整洁的小地方,漂亮的花园,景色不错。

他温和地看着这一切。"我想对你把这美好的事情诉说。"他哼哼着。

有一个男人从房子的侧门走了出来,肩上扛了一把锄头,消失在小门那儿。

因为艾伯特在自己的花园里种了很多旱金莲和莴苣,所以他立刻来了兴趣。

他侧着身子走近"走私者落脚点",穿过敞开的门。没错,是个小而整洁的地方。

他缓缓地绕着圈走,看到下面有一块平坦的菜园,顺着台阶可以走下去。刚刚从屋子里走出来的那个人正在那儿忙活着。

艾伯特饶有兴致地观察了几分钟，然后转过头望着这幢房子沉思。

小而整洁的地方，他第三次这么想了，正是那种退了休的海军军官喜欢待的地方。也是那晚先生吃晚饭的地方。

艾伯特在房子周围绕了一圈又一圈，他看着这房子，就像看桑苏西的大门一样，满怀希望，好像在要求它告诉自己什么似的。

他一边走一边轻轻地哼唱着——二十世纪的忠仆在寻找主人。

"还有那么多美妙的事情要做，"艾伯特哼哼着，"我想对你把这美好的事情诉说，还有那么多美妙的事情要做……"哪个地方哼错了，是吗？他以前就老唱这歌。

嘿，真有意思，中校还养猪吗？一阵长长的呼噜声传入他的耳朵。奇怪——好像是从地底下传出来的。在这种地方养猪真怪异。

不是猪。不，是有人在睡觉。好像是在地下室里睡觉……

这种天气适合睡觉，可是在这种地方睡觉很奇怪。哼着歌的艾伯特像一只嗡嗡叫的蜜蜂一样，慢慢走近那个地方。

声音就是打这儿传出来的——透过那个小小的格子窗。呼、呼、呼、呼噜噜，呼噜噜噜、呼噜噜噜噜——呼、呼、呼。这打鼾声可真奇怪——让他想起了什么……

"哎呀！"艾伯特说，"这就是那个——SOS。点、点、点、横线、横线、横线、点、点、点。"

他飞快地扫了一眼四周。

然后他跪了下来，轻轻地在小窗子的铁格子上敲出了一个信号。

第十三章

1

虽然上床睡觉的时候塔彭丝的心情是乐观的,可是到了黎明这个人类情绪最低落的时刻,她还是感到了一阵难忍的痛苦。

然而她下楼吃早饭时,发现自己的盘子上有一封字体向左倾斜的信,似乎写的时候很吃力。这不由得让她精神一振。

这不是所谓的道格拉斯、雷蒙德或者西里尔寄来的,也不是为了配合她的身份而准时寄来的假信,比如说今天早上她就收到一张五颜六色的明信片,上面草草地写着:"对不起,一直没给你写信。一切都好。莫迪 上。"

塔彭丝把明信片扔在一旁,拆开信件。

亲爱的帕特丽莎:

格雷西姑妈今天的状况更糟了。尽管医生并没有明确说她的病情在恶化,但是我担心她怕是没什么希望了。如果你想在她临终前再见她一面,我想最好还是今天就过来。如果你坐十点二十分的那趟到亚罗的火车,我朋友会开车去接你。

很希望能再次见到你,亲爱的,虽然是缘于这个让人伤心的原因。

> 你永远的
> 佩内洛普·普雷尼

塔彭丝差点儿就要欢欣鼓舞起来了。

"佩内洛普·普雷尼"就是那个"一便士无事"的谐音①，太好了。

她费了点儿力气才装出一副悲伤的样子——重重地叹了口气，把信放下。

她向那两位在场的听众——一脸同情的欧罗克太太和明顿小姐——讲述了信件的内容，还夸大其词地描述了格雷西姑妈的性格特点，她那百折不挠的精神，对空袭及其他危险的漠不关心，而且最终还是让疾病击垮了。对于格雷西姑妈究竟得了什么病，明顿小姐表现得很是好奇，而且兴致勃勃地跟自己堂妹瑟琳娜的病情做了比较。塔彭丝的答案在水肿和糖尿病之间轮换，她发现自己也有些糊涂了，最后干脆说是肾病引起的并发症。而欧罗克太太感兴趣的是，这位老太太的去世能否给塔彭丝带来经济利益。塔彭丝告诉她，西里尔不仅是老姑妈最喜欢的侄孙，也是她的教子。

吃过早饭后，塔彭丝给一家裁缝铺打了个电话，取消了下午去试穿女式套装的预约，然后找到佩伦娜太太，解释说她可能要离开旅馆一两天。

佩伦娜太太的情绪跟平时差不多。今天早上她看起来很是疲惫，还有点儿担忧烦乱的表情。

---

①佩内洛普·普雷尼即 Penelope Playne，而"一便士无事"即 Penny Plain，二者发音相近。

"还是没有梅多斯先生的消息,"她说,"这真是太怪了,是不是?"

"他肯定是出什么事了,"布伦金索普太太叹了口气,"我一直就是这么认为的。"

"哦,但是,布伦金索普太太,如果有什么意外的话,这个时候我们应该收到通知了。"

"那你是怎么想的呢?"塔彭丝问。

佩伦娜太太摇摇头。

"我真不知道该说些什么。我相信他肯定不是自愿离开的。不然,现在应该捎口信来了。"

"那个让人讨厌的布莱奇利少校总是说一些没有根据的话,"布伦金索普太太热心地说,"他说如果不是车祸,那肯定就是失忆了。我认为这也是很普遍的,尤其是在我们现如今生活的这个时代,精神太紧张了。"

佩伦娜太太点点头,她向上撇了下嘴,一副不太相信的表情,同时飞快地看了塔彭丝一眼。

"你要知道,布伦金索普太太,"她说,"关于梅多斯先生的事,我们知道得很少,不是吗?"

塔彭丝生气地问:"你这话是什么意思?"

"哦,别急着打断我。我可不相信——一点儿都不相信。"

"不相信什么?"

"大家传来传去的话。"

"什么话?我可一点儿都没听说。"

"哦,好吧,也许他们不愿意告诉你。我真不知道是怎么传开的,我觉得好像是凯利先生先提起来的。当然了,他是个非常多疑的人,如果你明白我的意思。"

塔彭丝克制着自己。

"请告诉我吧。"她说。

"唉,只是一种猜测,你知道,说梅多斯先生可能是敌人派来的间谍——是第五纵队的人。"

塔彭丝尽最大可能让那个布伦金索普太太表现出了一副义愤填膺的样子。

"我从来没听说过这么荒谬的想法!"

"我也是。我也觉得不会有什么问题。可是人们看到好几回梅多斯先生跟那个德国男孩在一起——我相信他是在询问一些关于工厂化学研究的问题——所以大家觉得他们两个有可能是一伙儿的。"

塔彭丝说:

"你不觉得凯尔有什么问题吗,佩伦娜太太?"

她看到那女人的脸飞快地抽搐了一下。

"我希望我可以认为这不是真的。"

塔彭丝柔声说道:"可怜的希拉……"

佩伦娜太太的眼睛闪闪发亮。

"她的心都碎了,可怜的孩子。为什么是这样的呢?为什么她爱上的不是别人呢?"

塔彭丝摇摇头。

"世事难料。"

"你说得对。"对方的声音低沉而痛苦,"我们都要遭受悲伤和痛苦,最终化为尘土和灰烬……所有这些都把你的心撕成碎片……我对世上的残酷和不公厌恶之至,真想打碎这个世界,从头开始,推翻民族欺压民族的法律制度和暴政。我想要——"

一声深沉而沙哑的咳嗽打断了她。欧罗克太太站在门口,她那庞大的身躯把门框堵得严丝合缝。

"我打搅你们了吗?"她问。

就像海绵抹过石板一样,佩伦娜太太那激动的表情一下子消失得无影无踪,你看到的只是一张因为客人遇到了麻烦而焦虑担忧的旅馆老板娘的脸。

"哦,没有,欧罗克太太,"她说,"我们刚刚正在说梅多斯先生的事,警察一点儿线索都没查到,太奇怪了。"

"啊,警察啊!"欧罗克太太的语气中带着轻蔑,"他们能有什么用?什么用都没有!也就是给汽车罚款,或者找那些没有狗证的穷光蛋的麻烦。"

"那你有什么看法呢,欧罗克太太?"塔彭丝问。

"你听说那个传闻了吗?"

"关于他是个法西斯和敌方间谍的事?听说了。"塔彭丝冷冷地说。

"现在看来可能是真的,"欧罗克太太若有所思地说,"我从一开始就注意这个人了,我在观察他,你知道,"她对塔彭丝笑了笑——跟她平时笑起来的样子一样,像食人魔的微笑,有种惊悚的感觉,"他看起来不像那种退休在家闲来无事的人。再明确点,我会说他来这儿是有目的的。"

"而当警察发现了关于他的线索之后,他就消失了,是吗?"塔彭丝问。

"可能是的,"欧罗克太太说,"你怎么看,佩伦娜太太?"

"我不知道,"佩伦娜太太叹口气,"这事真让人伤脑筋,招来很多风言风语。"

"啊!说一说也没什么大不了的。现在他们就在阳台上议论纷纷呢。最后他们会说,这个安静和善的人会用一颗炸弹把我们全都炸死在床上。"

"你还没跟我们说你是怎么想的呢。"塔彭丝问。

欧罗克太太微微一笑,笑容依然凶猛。

"我在想,他一定平安无事地待在某个地方——非常安全……"

塔彭丝心想:

"要是她知道,可能会这么说……但他并不在她认为的那个地方!"

她上楼回房间准备出发。这时候,贝蒂·斯普洛特从凯利夫妇的房间里跑了出来,一脸顽皮的笑容。

"你去哪儿了,疯姑娘?"

贝蒂咯咯地笑着说:

"母鹅、母鹅、公鹅……"

塔彭丝唱着:

"去哪儿溜达?楼上!"她一把抓住贝蒂,高举过头,"楼下!"然后把她放在地板上。

这时,斯普洛特太太出现了,要给贝蒂穿衣服出去散步。

"藏?"贝蒂满怀希望地说,"藏?"

"现在不能玩捉迷藏啦。"斯普洛特太太说。

塔彭丝回到自己房间戴上帽子(非得戴帽子,讨厌——塔彭丝·贝尔斯福德可从来不戴帽子,但是她觉得帕特丽莎·布伦金索普要戴一顶)。

她注意到有人动过她放在帽盒里的那几顶帽子。有人搜过她的房间吗?随他去吧,他们找不到任何能指控布伦金索普太太的东西。

她巧妙地把那封"佩内洛普·普雷尼"的信放在书桌上,便下楼出去了。

走出大门的时候是十点钟,时间还很充裕。她抬头看看天空,一不小心踩进门柱旁边一个黑乎乎的水坑里,但她好像没有注意到似的,继续往前走。

她的心在狂跳。成功——成功——他们会成功的。

2

亚罗是个乡村小车站,车道离村子还有段距离。

车站外面等着一辆汽车,开车的是个英俊的年轻人。他碰碰帽檐儿,算是向塔彭丝打招呼,但动作不太自然。

塔彭丝踢了踢一边的轮胎,怀疑地问:

"是不是太瘪了?"

"路不太远,夫人。"

她点点头,钻进车子。

他们没有驶向村庄,而是开进一片小山丘。曲曲折折地开上一座小山之后,又拐进一条岔路,这条路向下直插入一条深深的裂口。从小树林的阴影处走出一个人,迎接他们。

汽车停下来,塔彭丝走出来迎上了安东尼·马斯顿。

"贝尔斯福德没事,"他急急忙忙地说,"我们昨天查清了他的位置。他被对方那些人囚禁起来了,出于某个重要的原因,他还要在那儿待十二个小时。有一条小船将会在约定的时候到达某个指定的地点——我们必须赶紧找到这条船。所以贝尔斯福德要藏起来——不到最后一刻,我们不能暴露任何线索。"

他焦急地看着她。

"你能理解,是吧?"

"哦,是的!"塔彭丝瞪着树丛旁边藏着的一堆纠缠在一起的、帆布材质的奇怪东西。

"他绝对安全。"年轻人急切地补充道。

"当然,汤米不会有事的,"塔彭丝不耐烦地说,"你不用跟我说这个,我又不是两岁的孩子。我们都准备好再冒几次危险了。那边那个是什么?"

"呃——"年轻人迟疑着,"是这样的。我奉命向你提出一个要求,但是——但是,坦白说,我不喜欢这么做。你知道……"

塔彭丝冷冷地看着他。

"为什么不喜欢这么做?"

"呃……见鬼……你是黛伯拉的母亲。我是说——要是……我该怎么跟黛伯说——"

"如果我遭遇不测,是吗?"塔彭丝问,"要我看,如果我是你,就不会跟她提起这事的。越解释越糟糕,这话很对。"

说完,她温和地对他笑笑。

"亲爱的孩子,我完全能理解你的感受。你和黛伯拉,你们这些年轻人都认为冒险是应该的,而中年人则应该被保护起来。这真是大错特错。如果一定要有人牺牲,我想还是让中年人来承受会比较好,因为他们已经享受过人生中最好的时光了。不管怎样,你不要把我,黛伯拉的母亲,看成什么神圣的人物。告诉我,需要让我完成什么危险棘手的任务。"

"你知道,"年轻人热情地说,"我觉得你很了不起,真是太棒了。"

"别恭维我了,"塔彭丝说,"我已经很欣赏我自己了,所以你就不必再附和了。到底是什么大任务?"

托尼指了指那堆皱巴巴的东西。

"那个,"他说,"是一部分降落伞。"

"啊哈。"塔彭丝说,眼睛一亮。

"是一个伞兵,"马斯顿继续说道,"幸好这附近的联防队队员都很厉害,一发现对方降落,就把她抓走了。"

"她?"

"没错,是个女人!打扮成医院护士的样子。"

"真可惜不是个修女。"塔彭丝说,"近来有很多传言,说修女们伸着毛茸茸的、肌肉发达的胳膊,在公交车上买车票。"

"哦,她不是修女,也不是男人装扮的,是个中等身材的中年女人,黑头发,体形瘦小。"

"事实上,"塔彭丝说,"是一个长得像我的女人?"

"就是这样。"托尼说。

"然后呢?"塔彭丝问。

马斯顿缓缓答道:

"下面的事情就归你了。"

塔彭丝笑了笑,说:

"我没问题。我要去哪儿、做什么呢?"

"我得说,贝尔斯福德太太,你真是太厉害了,胆量过人。"

"我去哪儿,要做什么?"塔彭丝不耐烦地又问了一遍。

"很不幸,给我的指示很笼统。在那个女人的口袋里有一张纸,上面用德文写着:'步行去莱瑟巴罗——从石头十字架向东。圣阿萨弗路,比尼恩医生。'"

塔彭丝抬起头,在附近的山顶上有一个石头的十字架。

"就是那儿,"托尼说,"当然,路标已经被挪走了。不过莱瑟巴罗是个大地方,从十字架向东走,肯定能找到。"

"有多远?"

"至少五英里。"

塔彭丝做了个鬼脸。

"午饭前步行有益健康。"她说,"希望我到那儿之后,比尼恩医生能请我吃午饭。"

"你懂德语吗,贝尔斯福德太太?"

"只会说一点儿基本的。我要态度坚决地说英语,就说这是上级的指示。"

"这样很冒险。"托尼说。

"瞎说。谁能想象到换了人呢?方圆几英里之内人人都知道我们打落了一个伞兵吗?"

"报告此事的两个联防队员已经被警察局局长留下了,怕他们向朋友们炫耀自己有多聪明!"

"还有别人看到或者听到这事吗?"

托尼笑了。

"亲爱的贝尔斯福德太太,每天都有人说看见了一个、两个、三个、四个甚至多达一百个空降兵!"

"这倒也是,"塔彭丝同意道,"好吧,带我去吧。"

托尼说:

"我们这儿有工具箱——还有一位女警,她是个化装专家。跟我来吧。"

矮树林里有一间破破烂烂的小屋,门口站着一个看上去很能干的中年妇女。

她看了塔彭丝一眼,赞许地点点头。

塔彭丝走进小屋,坐在一个底朝上的包装箱上面,让化妆师给自己上妆。

终于,那个化妆师后退两步,满意地点点头,说:

"好了，我觉得我们做得不错。你说呢，先生？"

"确实不错。"托尼说。

塔彭丝伸出手，从那女人手中拿过镜子，急切地察看自己的脸，惊讶得几乎要大喊起来。

眉毛已经被修剪成截然不同的形状，改变了整个面部表情。藏在鬓发下面的小块橡皮膏拉住耳朵，由此把皮肤绷紧了，脸形也随之改变。鼻子上少量的鼻油灰也让鼻子的形状起了变化，从侧面看过去，塔彭丝的鼻子出人意料地变成了鹰钩鼻。巧妙的化装让她老了几岁，嘴巴两边还有些深深的皱纹。整张脸显得沾沾自喜、愚蠢无比。

"真是太高明了。"塔彭丝小心翼翼地摸了摸鼻子，赞叹不已。

"你要小心一点儿。"那女人提醒她，又拿出两片薄薄的橡胶，"给你贴上这个，你的脸能受得住吗？"

"我想，受不了也得受吧。"塔彭丝沮丧地说。

塔彭丝把橡胶塞进嘴里，小心地动了动下巴。

"其实也不是太难受。"她不得不承认。

托尼考虑周到地走出了小屋，塔彭丝脱下衣服，换上那身护士的行头。还不算难看，虽然两个肩膀有点儿紧。一顶深蓝色的帽子为这个新角色完成了最后的润色。不过，她反对穿上那双结实的方头鞋。

"要是步行五英里的话，"她断然说道，"我得穿自己的鞋。"

两个人都觉得这是合理的要求，尤其是塔彭丝自己那双深蓝色镂花皮鞋跟那套衣服很搭。

她饶有兴致地往深蓝色手袋里面看了看——一盒粉，没有唇膏；一些英国钱币，总共两英镑十四先令六便士；一块手帕和一张身份证,上面的名字是弗丽达·埃尔顿,地址是谢菲尔德曼彻斯特路四号。

塔彭丝换上了自己的粉和唇膏,站起身,准备出发。

托尼·马斯顿把头扭到一边去,粗声粗气地说:

"让你做这种事,我觉得自己是头蠢驴。"

"我很了解你的感受。"

"可是,你瞧,这事很重要——我们得弄清敌人要从哪儿、用什么方式向我们进攻。"

塔彭丝拍拍他的肩膀。"别担心,孩子。不管你信不信,我很乐意这么做。"

托尼·马斯顿又说了一次:

"我觉得你太厉害了!"

3

站在圣阿萨弗十四号门外,塔彭丝感到有些疲惫。她发现比尼恩不是一般的门诊医生,而是个牙医。

塔彭丝眼角的余光注意到了托尼·马斯顿,他正坐在一辆款式新颖的小汽车里,而车子则停在道路另外一头的一座房子外面。

他们断定塔彭丝应该严格按照指示,步行到莱瑟巴罗。因为如果她坐汽车来这儿,可能会被人看到。

确实有两架敌机从小山丘上飞过,飞走之前还低低地盘旋了一阵子,因此他们很有可能看到一个护士的身影向田野走去。

托尼和那个化妆师女警则乘坐汽车朝反方向驶去,绕了一大圈后来到莱瑟巴罗,在圣阿萨弗路上占好位置。现在,一切都准备妥当。

"竞技场的门打开了。"塔彭丝咕哝着,"一个基督徒正向狮子走去。哦,天哪,谁能说我没见过世面。"

她穿过马路,按了门铃,心里想着黛伯拉究竟有多喜欢那个年轻人。开门的是个上了年纪的女人,一张脸呆呆傻傻的,像个农妇——并非英国人的面孔。

"比尼恩医生吗?"

那女人缓缓地上下打量着塔彭丝。

"我猜你就是埃尔顿护士吧。"

"是的。"

"那么,请上楼去医生的手术室。"

她后退两步,让塔彭丝进屋,然后关上了门。塔彭丝发现自己站在一个狭窄的、铺着油毡的前厅里。

女仆带她上了二楼,打开一扇门。

"请等一下,医生很快就来。"

她走了出去,关上门。

这是一间非常普通的牙科手术室,设备有些破旧。

塔彭丝看着那张牙医的椅子,不禁微微一笑,心想这次不像平时那样恐惧了。她有一种"牙医的感觉"——不过是出于完全不同的原因。

过一会儿,这扇门就会打开,"比尼恩医生"就会走进来。这个比尼恩医生是谁呢?是个陌生人,还是以前见过面?如果是她希望看到的一个人……

门开了。

塔彭丝没想到自己会看到这个人!她也从来没有想过这个人是这场对决中的首发人员!

是海多克中校。

第十四章

1

在汤米的失踪案中,海多克扮演着什么角色?巨大的疑问如同洪水般涌入塔彭丝的脑海之中,但是她立刻将这些猜测抛诸脑后,现在正是需要集中精神的时刻。

中校能不能认出她来?这是个有趣的问题。

她事先做好了充分的心理准备,不管来者何人,她都不能表现出认识对方或者惊讶的神情。现在她更有理由确信自己并没有露出认为局势不利的迹象。

她站起身,一副恭恭敬敬的态度,就像是一个德国妇女站在了救世主面前。

"你来了。"中校说。

他说的是英语,态度举止跟平时一样。

"是的,"塔彭丝说,又像递交证书似的补充道,"埃尔顿护士。"

好像听到了一句笑话,海多克微微一笑。

"埃尔顿护士!好极了!"

他满意地看着她。

"你的样子很不错啊。"他和蔼地说。

塔彭丝歪了歪头，什么都没说，把主动权交给他。

"我想，你知道你要做什么吧？"海多克继续说道，"请坐。"

塔彭丝顺从地坐了下来，回答说：

"我是来听取您详细的指示的。"

"非常好。"海多克说，声音中有一丝嘲笑。

他说：

"你知道那一天？"

"四号。"

海多克似乎吃了一惊，眉头紧锁。

"所以你知道这个，是吗？"他说。

塔彭丝沉默片刻，接着说道：

"请告诉我，我要怎么做。"

海多克说：

"时机到了，就会告诉你，亲爱的。"

他顿了顿，然后问道：

"不用说，你听过桑苏西是吗？"

"没有。"塔彭丝说。

"没听过？"

"没有。"塔彭丝坚定地说。

"让我看看你要怎么应付。"她心里想道。

中校的脸上浮现出一种奇怪的微笑。他说：

"那么，你没听说过桑苏西？这让我很吃惊——因为，你知道，在我印象中，你在那儿住了一个月了……"

一片死寂。中校说：

"这是怎么一回事，布伦金索普太太？"

"我不知道你在说什么，比尼恩医生。今天早上我才跳伞来到这儿。"

海多克再次微笑了——显然是表示不高兴的微笑。

他说:

"扔进树丛里的几码帆布令人产生了一种奇妙的幻想,而我不是比尼恩医生,亲爱的夫人。在职务上,比尼恩医生是我的牙医——他是个好人,会时不时地把他的手术室借给我。"

"真的吗?"塔彭丝问。

"是真的,布伦金索普太太!也许你更愿意让我称呼你的真名吧,贝尔斯福德?"

又是一阵痛苦的沉默。塔彭丝深深地吸了一口气。

海多克点点头。

"你瞧,游戏玩完了。'你走进了我的客厅。'蜘蛛对苍蝇说。"

咔嗒一声轻响,他手中闪过一道钢铁般的蓝光,说话声中透着一股冷酷。

"不用我说你也应该知道不要出声,不要企图惊动邻居。在你张嘴求助之前就会被我打死!而且,就算你真的叫出声来,别人也不会注意的,你知道,病人被气体麻醉拔牙的时候也会叫喊的。"

塔彭丝沉着地说:

"看样子你什么都想到了。不过,你有没有想过,我还有朋友知道我在哪儿?"

"啊!你还在唠叨那个蓝眼睛的男孩吗——其实是棕色眼睛!小安东尼·马斯顿。抱歉,贝尔斯福德太太,小安东尼刚好是我们在这个国家最忠实的支持者之一。就像我刚才说的,几码帆布造成了不可思议的效果。你轻而易举地接受了降落伞这个说法。"

"我还是看不出来这些废话的重点在哪儿。"

"看不出来?要知道,我们可不想让你的朋友一下子就能找到你。如果他们循着踪迹去找你,就会找到亚罗和开车的那个人,然后发现的事实是,一个相貌完全不同的护士,在下午一点到两点之间步行到莱瑟巴罗,可这跟你的失踪完全扯不上关系。"

"真是煞费苦心啊。"塔彭丝说。

海多克说道:

"你知道,我佩服你的勇气,非常佩服。很抱歉,我不得不如此胁迫你——不过我们必须了解你在桑苏西究竟发现了什么,这一点很重要。"

塔彭丝没有回答。

海多克平静地说:

"我建议你还是坦白的好。牙医的椅子和这些器械……肯定会发生很多种可能性的……"

塔彭丝向他投去了蔑视的目光。

海多克靠回椅子,慢条斯理地说:

"没错,你或许很坚强——你这个类型的人经常是这样的。可是,这幅画面的另外一半是什么样子的呢?"

"你什么意思?"

"我在说托马斯·贝尔斯福德,你丈夫,最近他用'梅多斯'这个名字住在桑苏西,而此刻,他被舒舒服服地绑在我家的地下室里。"

塔彭丝厉声说道:

"我不相信!"

"因为那封'一便士无事'的信吗?你没有意识到这是小安东尼的一个小把戏吗?你把密码告诉他的时候,就栽在他手里了。"

塔彭丝颤声说道：

"那么，汤米——汤米——"

"汤米，"海多克中校说，"一直都被我牢牢掌控着！现在就看你的了。如果你的回答让我满意，那么他还有机会。不然，我们就会照原计划进行。他的脑袋会被打烂，然后被扔进海里。"

塔彭丝沉默了一会儿，然后问道：

"你想知道什么？"

"我想知道谁雇用的你，你用什么方式跟那个人或者那些人联系。目前为止，你都汇报了什么。你到底知道些什么。"

塔彭丝耸了耸肩。

"我可以告诉你我编出来的谎话。"她指出。

"没事，因为我可以对你说的话加以验证。"他把椅子拉近一些，完全是一副恳求的神态，"亲爱的太太，我完全理解你的感受。相信我，我是真心钦佩你和你丈夫。你有勇有谋，新的国家——你们现在这个无能的政府被推翻之后建立的新国家——正需要你们这样的人。我们想把有价值的人化敌为友。如果我不得不下令结束你丈夫的性命，我会这么做的——这是我的责任——但我真的感觉很难过。他是个很好的人——从容、谦逊、聪明。有个道理，你们国家很少有人明白，让我来跟你强调一下吧。我们的领袖并不像你们想得那样是要打算征服这个国家，他的目标是创造一个新英国——一个凭借自身实力而强大的英国——统治它的不是德国人，而是英国人。而最优秀的英国人应该是有头脑、有教养、有勇气的。就像莎士比亚说的，一个美丽新世界。"

他向前探了探身。

"我们要废除混乱和无能、贿赂与腐败、自私自利和敲诈勒索——在这个新的国家,我们需要你和你丈夫这样的人——英勇而机智——以前是敌人,将来是朋友。要是你知道在你们国家——还有其他国家——有多少人同情并相信我们的目标,你肯定会惊讶无比的。我们会一起创建一个新的欧洲——一个和平与进步的欧洲。试着这么看看——因为,我向你保证,就是这样的……"

他的声音充满了磁性,令人信服。他俯身向前,看上去就像一个坦诚直率的英国水手的化身。

塔彭丝看着他,在脑海中思量着用什么成语才合适,但是只找到了一句幼稚而粗俗的儿歌。

"母鹅,母鹅,公鹅!"塔彭丝说……

2

这句话产生的神奇作用让她吃了一惊。

海多克跳了起来,脸色气得发紫,一个诚恳的英国水手瞬间消失了。她看到了汤米曾经见过的——一个暴怒的普鲁士人。

他用流利的德语咒骂她,然后,又改用英语大喊道:

"你这个该死的小傻子!你不知道这么回答会让你彻底完蛋吗?你们完了——你和你的宝贝丈夫。"

他抬高声音喊道:

"安娜!"

刚才给塔彭丝开门的那个女人走进房间,海多克把手枪塞进她手里。

"看着她。必要时就开枪。"

他怒气冲冲地走了出去。

塔彭丝恳求地望着站在面前的一脸冷漠的安娜。

"你真的会杀了我吗?"塔彭丝说。

安娜平静地回答道:

"别想说服我。上次大战时,我儿子被杀了,我的奥托。那时我三十八岁——现在我六十二岁了——但我还没有忘记这些。"

塔彭丝看着那张毫无表情的宽脸,这让她想起了那个波兰女人,旺达·波隆斯卡。一样的凶猛可怕,一样的认死理。母性——不屈不挠。所以,不用怀疑,英国许许多多的琼斯太太还有史密斯太太都会有这种感觉。和这些失去了孩子的母亲是没什么道理可讲的。

有什么想法在塔彭丝脑海中蠢蠢欲动——一些无法摆脱的回忆——一些她一直都知道但无法清晰浮现出来的东西。所罗门——她隐约想到了所罗门……

门开了,海多克中校又回到房间。

他气得大吼大叫:

"它在哪儿?你把它藏在哪儿了?"

塔彭丝瞪着他,吃惊不已。她根本没明白他在说什么。

她什么也没拿,更没藏什么。

海多克对安娜说:

"出去。"

那女人把枪还给他,立刻走了出去。

海多克跌坐在一把椅子上,似乎在让自己振作起来。他说:

"你知道,你带不走它的。我已经抓住你了,我有的是办法让别人开口——当然不是什么让人高兴的办法。你最后还是得告诉我实话。那么,你是怎么处置它的?"

塔彭丝脑筋转得飞快,至少,她还有可能拿这件事跟他讨价还价,只要她能搞清楚他认为她手里有什么东西。

她谨慎地说:

"你怎么知道我有这个?"

"从你说的话里,该死的你这个蠢货!你没有带在身上——这个我们知道,因为刚才你已经从头到尾换过衣服了。"

"要是我寄给了某个人呢?"塔彭丝说。

"别傻了。你昨天寄的每一样东西我们都检查过了。你根本没把它寄出去!不,你只有一件事可以做,就是今天早上离开的时候把它藏在桑苏西里面。我给你三分钟,告诉我你把它藏在哪儿了。"

他把手表放在了桌子上。

"三分钟,托马斯·贝尔斯福德太太。"

壁炉上的钟表滴答作响。

塔彭丝静静地坐在那儿,脸上一片茫然。

她的脑子飞快地运转着,脸上却不动声色。

她眼前划过一道奇异的亮光,一切都明白了。整件事情都浮出水面,清晰地展现在眼前。她终于知道谁才是这个组织的核心领导人物了。

海多克的话让她心中一震。

"还有十秒……"

好像在做梦一般,她看着他,看着他举起了枪,听着他在数数:

"一、二、三、四、五——"

刚数到八,这时一声枪响,海多克向前倒在椅子上,红红的大脸上带着迷惑。刚才他一直全神贯注地盯着自己的俘虏,没有觉察到身后的门已经慢慢打开了。

塔彭丝一下子跳了起来,冲到门口,推开那几个穿制服的男人,抓住一个穿粗花呢衣服的人的胳膊。

"格兰特先生。"

"是啊,是啊,亲爱的,现在没事了——你真了不起——"

塔彭丝没有理会这些安慰的话。

"快点!没时间了。你有车吗?"

"有。"他直直地盯着她。

"快吗?我们必须立即赶到桑苏西。要是能及时到那儿就好了,以免他们打电话没人接。"

两分钟之后他们已经坐在车里,穿过莱瑟巴罗大街,之后他们来到旷野中,时速表上的指针不断向右摆动。

格兰特先生什么都没问,只是安静地坐在那儿。而塔彭丝则焦急地看着时速表。司机已经按照指示加足马力往前开了。

塔彭丝只说过一句话。

"汤米呢?"

"他很好,半小时前已经救出来了。"

她点点头。

终于,他们快到利汉普顿了。汽车在镇子里急速地转来转去,最后开上了小山。

塔彭丝跳出车,和格兰特先生一起跑上汽车道。和平时一样,前厅大门敞开,里面一个人也没看到。塔彭丝轻轻地跑上楼梯。

经过自己房间的时候,她只是扫了一眼,里面一片狼藉,抽屉开着,床上乱七八糟。她点点头,沿着走廊来到凯利夫妇的房间。

屋里没有人,看上去很安静,有一股淡淡的药味儿。

塔彭丝跑到窗边，扯开被褥。

被子都掉在了地上，塔彭丝把手伸进垫子下面，然后，拿出了一本破破烂烂的小人书，带着胜利的微笑，转向格兰特先生。

"给你。全都在这儿——"

"什么——"

他们转过身，斯普洛特太太站在门口盯着他们。

"现在，"塔彭丝说，"让我给你做个介绍。这是 M。没错。斯普洛特太太。我早就应该知道了。"

过了一会儿，凯利太太出现在了门口，这样的结尾真是大煞风景。

"哦，老天，"凯利太太看着丈夫那乱糟糟的床，惊恐地说，"凯利先生会怎么说呢？"

第十五章

"我早就该知道了。"塔彭丝说。

她用一杯陈年白兰地来平复自己几近崩溃的神经,满面笑容地看看汤米,再看看格兰特先生,又看看艾伯特——他面前放着一大杯啤酒,笑得嘴巴都合不上了。

"快跟我们说说吧,塔彭丝。"汤米催促道。

"你先说。"塔彭丝说。

"我没什么好说的,"汤米说,"完全是因为一个偶然事件我才发现了那台发报机的秘密。我以为自己能脱身,但是海多克比我精明多了。"

塔彭丝点点头,说:

"他立刻打给斯普洛特太太,于是她拿着一把锤子跑上车道埋伏在那儿。她离开牌桌也就是三分钟的时间。我的确注意到她有些气喘——但我从来没有怀疑过她。"

"在这之后,"汤米说,"就完全归功于艾伯特了。他像一条忠实的狗一样到处找我。我在地下室拼命用呼噜声发信号,他听懂了其中求救的意思,便赶去向格兰特先生报告了这个消息,那天晚上他们两个就回到了'走私者落脚点'。我再次用呼噜声跟他们交流。结果就是,我同意仍然待在地下室,等敌方的船开过来时,将他们一网打尽。"

格兰特先生补充道：

"今天早上海多克离开'走私者落脚点'之后，我们的人便占领了这个地方。今天晚上我们又抓获了他们的船只。"

"那么，塔彭丝，"汤米说，"该你说了。"

"好吧，一开始我就是个大傻瓜。我对这里的每一个人都有过怀疑，就是没想到斯普洛特太太。我确实有过被威胁的可怕感觉，好像身处险境一样——就在我偷听了那个关于四号的电话之后。当时有三个人——我觉得佩伦娜太太或者欧罗克太太是最危险的。真是大错特错——真正危险的人是那个表面上毫不起眼的斯普洛特太太。

"汤米知道，直到他失踪之前，我都是糊里糊涂的。当时我正在跟艾伯特商量一个计划，突然，安东尼冷不丁地出现了。一开始好像都挺正常的——是经常跟黛伯拉在一起的那一类型的年轻人。但是有两件事让我起了疑心。首先，跟他说话的时候，我越来越肯定，我之前并没有见过他，他也从来没去过我们家。其次，虽然他好像知道我在利汉普顿的工作，可他却以为汤米在苏格兰。这样就不对劲儿了。如果他认识什么人，那他应该先认识汤米，因为我怎么说也不是官方派遣的。这让我感到很奇怪。

"格兰特先生告诉我，第五纵队无处不在——他们会出现在最不可能的地方。所以，他们为什么不能是黛伯拉的一个同事呢？我不能确定，但我的怀疑让我给他设下了一个陷阱。我告诉他，我和汤米通过一个暗号来交换信息。当然，我们真正的暗号是一张明信片，不过我给安东尼瞎编了一个'一便士无事，两便士有事'的故事。

"不出我所料，他上当了。今天早上我收到了一封信，这样他就完全暴露了。

"一切全都事先安排好了，我要做的只是给裁缝打个电话，取消试衣服。其实，这就是在说'鱼已经上钩了'。"

"嚯！"艾伯特说，"我惊讶坏了。我开着一辆面包房的小货车赶过去。我们在大门口倒了一堆东西，是茴香，或者闻着像茴香的东西。"

"后来，"塔彭丝接着说，"我走了出来，在那上面踩了一脚。当然，面包房的货车很容易就跟踪到了车站，跟在我身后，听到我买了去亚罗的票。这之后的事，就比较困难了。"

"狗善于辨别气味，"格兰特先生说，"它们在亚罗车站闻到了你的气味，还闻到了你的鞋子踢在轮胎上留下的气味。这让我们跟踪到了树林，上了石头十字架，并一路跟随步行的你进了小山丘。敌人看到你离开树林之后，也开着车去了莱瑟巴罗，可他们万万没想到，在他们动身之后，我们轻而易举地就跟上了你。"

"尽管这样，"艾伯特说，"我还是吓了一跳。我知道你在那幢房子里，可不知道你会不会有危险。我们从后窗跳进去，趁那个外国女人下楼的时候抓住了她。我们去的正是时候。"

"我知道你们会来的，"塔彭丝说，"我要做的就是尽可能拖延时间。要是没看到你们开门，我会尽量编造些谎话的。真正让我激动的是，忽然之间我看清楚了整件事，而我自己又是多么愚蠢。"

"你是怎么想明白的？"汤米问。

"母鹅，母鹅，公鹅。"塔彭丝立马接口道，"我刚对海多克说出这句话，他立刻脸色铁青。并不是因为这句话有多么蠢多么粗俗。不，我马上就明白了这对他意味着什么。然后，那个女人——安娜——脸上的表情，就像那个波兰女人一样。于是，我理所当然地想到了所罗门，想明白了整件事。"

汤米愤怒地叹了口气。

"塔彭丝，要是你再说一次，我就亲手杀了你。想明白了什么？所罗门究竟跟这有什么关系？"

"你记不记得那个故事，两个女人带着一个婴儿去找所罗门，都宣称孩子是自己的。但是所罗门说：'好吧，把孩子分成两半。'然后假母亲说：'好的。'但是真正的母亲说：'不要，孩子还是给她吧。'你瞧，她不忍心让自己的孩子被杀死。那天晚上，斯普洛特太太打死了那个女人，你们都说是个奇迹，因为这样很有可能连孩子也一起打死。其实，那时候应该就很明朗了！如果是她的孩子，她怎么都不会冒这个风险。也就是说，贝蒂不是她的孩子。这就是她必须杀了那个女人的原因。"

"为什么？"

"因为，显然那个女人是孩子的亲生母亲。"塔彭丝的声音微微发抖。

"可怜啊！可怜的人。来到英国时，她是个身无分文的难民，于是欣然同意了斯普洛特太太收养她的孩子。"

"斯普洛特太太为什么要收养这个孩子？"

"伪装！这是利用人们的心理所进行的最高明的伪装。你们绝对想不到一个间谍会把她的孩子带到工作中来。这也是我从来没有往斯普洛特太太身上想的一个主要原因。就是因为这个孩子。但是贝蒂的亲生母亲想孩子想疯了，她打听到了斯普洛特太太的地址，找到了这里，在周围转来转去等待时机，最终，她找机会带走了孩子。

"当然，斯普洛特太太抓狂了，无论如何她都要阻止警方插手此事。所以她写了那张字条，假装是在卧室里发现的。又让海多克来帮忙，等我们追踪到那个可怜的女人之后，为了确保万无一失,就打死了她……她根本不是什么不懂武器的人,相反,她的枪法很好。没错,她打死了那个可怜的女人——正因为这样,我一点儿也不同情她,她是个彻头彻尾的坏人。"

塔彭丝顿了顿,然后又说:

"还有一件事,原本也应该是个暗示,那就是旺达·波隆斯卡和贝蒂长得很像。正是因为贝蒂,我才总是觉得那个女人很面熟。另外,还有那个孩子玩我的鞋带的事。她肯定是经常看到她那个所谓的妈妈——而不是卡尔·范·德尼姆——做这种事!但是斯普洛特太太一看到贝蒂在玩鞋带,就在卡尔的房间里放了很多证据让我们去发现,最明显的一个细节就是用密写药水浸泡过的鞋带。"

"卡尔之前没有牵扯其中,这让我很高兴。"汤米说,"我喜欢这孩子。"

"没有枪毙他,是吗?"留意到他用了"之前"这个词,塔彭丝着急地问。

格兰特先生摇了摇头。

"他没事,"他说,"其实,我还有个惊喜要给你。"

塔彭丝面露喜色,她说:

"我高兴极了——看在希拉的分上!当然,我们看错了佩伦娜太太,确实有点儿蠢。"

"她只是和爱尔兰共和军的活动有些牵连,别的就没有什么问题了。"格兰特先生说。

"我怀疑过欧罗克太太——有时候还怀疑凯利夫妇……"

"而我,怀疑过布莱奇利。"汤米插嘴说。

"从头到尾,"塔彭丝说,"对手却是那个被我们认为是贝蒂母亲的娇弱的女人。"

"她可不娇弱,"格兰特先生说,"她是个非常危险的女人,也是个非常聪明的演员。而且,她还是个土生土长的英国人,真遗憾。"

塔彭丝说:

"那么,我既不可怜她也不羡慕她——她甚至都不是在为自己的国家工作。"她好奇地看着格兰特先生,"你找到想要的东西了吗?"

格兰特先生点点头。

"全部都在那套破旧的儿童书副本里。"

"是贝蒂说'脏'的那几本里。"塔彭丝惊呼。

"它们是很脏,"格兰特先生冷冷地说,"《小杰克·霍纳》里面有我们海军非常详尽的部署,《空中的约翰》里是关于空军的,陆军方面的,则很是切题地放进了《有个小人,带着一把小枪》这本书里。"

"那《母鹅,母鹅,公鹅》呢?"塔彭丝问道。

格兰特先生说:

"我们用相关的化学试剂进行了测试,那本书是用隐形墨水写的,是一份重要人物的名单,他们都承诺会协助德国入侵英国。这些人中有两个警察局局长,一个空军少将,两个将军,一个装备厂厂长,一个内阁部长,许多警官,当地志愿者组织的领导人,很多海军和陆军的军官,还有我们情报部的一些人。"

塔彭丝和汤米目瞪口呆。

"难以置信。"汤米说。

格兰特摇摇头。

"你们不知道德国的宣传力量有多强大。他们专门迎合某些人强烈的权力欲。那些出卖国家的人,并非为了钱财,而是出于他们觉得自己可以造就一个国家的狂妄自大的感觉。天下乌鸦一般黑，这就是路西法的邪教——路西法，明亮之星、清晨之子，是一种对个人荣誉的炫耀和欲望。"

他又补充道：

"你们可以想到，这样的人在组织中下达矛盾的命令，胡乱操纵我们的队伍，敌人的入侵便极有可能成功。"

"那么现在呢？"塔彭丝问道。

格兰特微微一笑。

"现在，"他说，"让他们放马过来吧！我们已经做好准备了！"

第十六章

"亲爱的妈妈,"黛伯拉说,"我几乎认为你遇上了最可怕的事。"

"是吗?"塔彭丝说,"什么时候?"

她充满柔情怜爱的目光落在女儿的黑发上。

"那个时候,你溜去苏格兰找爸爸,而我却以为你跟格雷西老姑妈在一起。我差点儿就以为你有外遇了。"

"哦,黛伯,是吗?"

"当然不完全是这么想的。你这个年纪应该不会的。而且,我当然知道你跟老爸深爱彼此。是那个叫托尼·马斯顿的让我产生这种想法的,我真是太傻了。你知道吗,妈妈——我想我应该告诉你——后来我们发现他是第五纵队的人。他说话总是怪里怪气的——如果希特勒赢了,形势还是一样,也许会更好,他这么说过。"

"那你——呃——喜欢他吗?"

"托尼?哦,不——他总是招人烦。我要去跳舞了。"

她挽着一个金发年轻人飘然而去,脸上挂着甜蜜的微笑。塔彭丝盯着他们旋转的身影看了一会儿,然后目光落在了一个穿着空军制服的高个子年轻人身上——他正在跟一个身材苗条的金发女郎翩翩起舞。

"汤米，我真心觉得，"塔彭丝说，"我们的孩子非常棒。"

"希拉来了。"汤米说。

希拉向他们这张桌子走过来，他站起身来。

她穿着一件翠绿色的晚礼服，深色的皮肤被衬托得尤其美丽。今天晚上，这位美人却有些郁郁寡欢，她冷淡地向男女主人打了个招呼。

"你们瞧，我来了，"她说，"我遵守了诺言。不过我不知道你们为什么想要我过来。"

"因为我们都喜欢你啊。"汤米微笑着说。

"真的吗？"希拉说，"我想不出是为什么。我对你们两个都多有冒犯。"

她顿了顿，低声说道：

"不过我很感谢你们的邀请。"

塔彭丝说：

"我们得给你找个好舞伴陪你跳舞。"

"我不想跳舞。我讨厌跳舞。我来这儿只是为了见见你们。"

"你会喜欢这个我们为你引见的舞伴的。"塔彭丝笑着说道。

"我——"希拉欲言又止，因为卡尔·范·德尼姆正向她走过来。

希拉一脸茫然地盯着他，喃喃地说：

"你——"

"是我。"卡尔说。

今天晚上的卡尔·范·德尼姆与往日有些不同。希拉瞪着他，困惑不已，两朵红云飞上了她的脸颊。

她有些气喘地说：

"我知道你现在没事了——可是我以为他们还拘禁着你呢。"

卡尔摇了摇头。

"他们没理由扣留我。"

他接着说：

"你得原谅我，希拉，因为我欺骗了你。我不是卡尔·范·德尼姆。我只是由于自身的原因而使用了他的名字。"

他询问似的看了看塔彭丝，后者说道：

"说吧。全都告诉她。"

"卡尔·范·德尼姆是我的朋友。几年前，我在英国认识了他。战争爆发之前，我在德国跟他重遇。我去那儿是为国家完成一项特殊任务。"

"你在情报部工作？"希拉问道。

"是的。我到那儿的时候，发生了一些古怪的事情。有一两次我差点儿没能脱身。我的计划被人发现了，而那些人原本是不可能知道的。我意识到出事了，而且，用他们的话说，'腐败'已经渗透进我所在的部门里了。我是被自己人出卖的。卡尔和我长得非常相像（我祖母是德国人），因此我适合在德国工作。卡尔不是纳粹分子，他只对自己的工作感兴趣——这工作我也有份参与——化学研究。战争爆发前不久，他就决定逃往英国了。他的哥哥们被抓进了集中营，他自己想要逃跑是十分困难的。可是这些困难都奇迹般地解决了。其实，他跟我说起这些的时候，我不由得产生了怀疑。他的哥哥们和其他亲戚都被抓进了集中营，而他自己又因为有反纳粹倾向而遭人怀疑，那么，为什么政府会如此轻易地让他离开德国呢？看样子他们好像是出于某个原因才让他去英国的。而我的处境却越来越危险。卡尔跟我寄宿在同一个房间里，有一天，我发现他死在了床上，这让我很难过。他因为抑郁症而自杀身亡，还留下了一封信。我读完之后便收了起来。

"之后,我决定冒名顶替。我想离开德国——而且我也想知道他们为什么支持卡尔离开德国。我给他的尸体套上了我的衣服,放在我的床上。他对自己的脑袋开了一枪,因此面貌已经模糊不清了。而且我知道房东是半个瞎子。

"带着卡尔·范·德尼姆的证件,我来到了英国,去了他们政府推荐的那个地址,就是桑苏西。

"住在桑苏西的时候,我扮演了卡尔·范·德尼姆这个角色,从来没有丝毫放松。我发现他们已经安排好我去这家化学工厂了。一开始,我以为他们会强迫我给纳粹工作,后来才意识到他们是要让我那个可怜的朋友做替死鬼。

"我因为那些伪造的证据被捕之后,什么也没说。我打算尽可能晚一点儿再暴露自己的身份,想看看到底会发生什么事。

"就在几天前,我们的人认出了我,事情才得以澄清。"

希拉嗔怪地说:

"你早就应该告诉我。"

他温柔地说:

"如果你这么想的话——对不起。"

他定定地看着她的眼睛,她则气恼又自豪地看着他——接着,怒气消失了。她说:

"我想,你是不得已才这么做的……"

"亲爱的——"

他抖擞精神。

"来跳舞吧……"

两个人一起走开了。

塔彭丝叹了口气。

"怎么了?"汤米说。

"他不再是那个人人讨厌的德国弃儿了,我真心希望希拉会一如既往地喜欢他。"

"看上去她还是挺喜欢他的。"

"没错,不过爱尔兰人脾气倔得很,而希拉生来就很叛逆。"

"那天他为什么要搜查你的房间呢?害得我们走了好长一段弯路。"

汤米大笑起来。

"我猜他肯定觉得布伦金索普太太非常不可靠,事实上,就在我们怀疑他的同时,他也在怀疑我们。"

"嗨,你们两个,"德里克·贝尔斯福德和他的舞伴迈着舞步经过父母的桌子时说,"为什么不过来跳舞啊?"

他鼓励地冲他们微笑着。

"他们对我们太好了,愿上帝保佑他们。"塔彭丝说。

不一会儿,这对双胞胎和他们的舞伴都回来并坐了下来。

德里克对他父亲说道:

"真高兴你找到了一份工作。我猜不是很有趣吧?"

"主要是些日常工作。"汤米说。

"不要紧,都是在做事嘛,这才是最主要的。"

"他们同意让妈妈一起去,我也很高兴。"黛伯拉说,"她看上去开心多了。这工作还不算太枯燥,对吗,妈妈?"

"我一点儿都不觉得枯燥。"塔彭丝说。

"太好了。"黛伯拉说完又补充道,"战争结束后,我就能告诉你关于我工作的事情了。真的非常有意思,但也要绝对保密。"

"真是刺激啊。"塔彭丝说。

"哦,就是的!当然了,比不上飞行那么惊心动魄——"

她羡慕地看着德里克。

她说:"他们要推荐他去——"

德里克飞快地说:

"闭嘴,黛伯。"

汤米说:

"我说,德里克,你最近都在忙些什么?"

"哦,也没什么——就是我们大家都在做的事情呗。不知道他们为什么选了我。"年轻的飞行员红着脸喃喃地说着。他的样子很是尴尬,像是受到了非常要命的指控一样。

他站起身,那个金发女郎也站了起来。

德里克说:

"千万别错过这个——我假期的最后一个夜晚。"

"来吧,查尔斯。"黛伯拉说。

两个人和各自的舞伴一起飘然而去。

塔彭丝暗自祈祷:

"愿他们都平安——别让他们遇到任何麻烦……"

她抬起头,遇上了汤米的目光。他说:

"关于那个孩子……我们……"

"贝蒂?哦,汤米,我很高兴你也想到了这件事。我以为只有我母性大发呢。你是认真的吗?"

"你是指收养她吗?为什么不?她吃了很多苦头,而且抚养个孩子也会很有趣的。"

"哦,汤米!"

她伸出手,紧握丈夫的手。他们深情地望着彼此。

"我们总是能想到一块儿去。"塔彭丝幸福地说。

黛伯拉从德里克身边飘过的时候,低声说道:

"瞧瞧那两个人——现在紧握着手呢！他们很甜蜜，对吧？战争期间，他们过得太无聊太沉闷了，我们必须竭尽所能地补偿他们……"

N or M?
Copyright © 1941 Agatha Christie Limited. All rights reserved.
Letter for Chinese Reader, New Star Edition by Mathew Prichard © 2013 Mathew Prichard.
Translation © 2023 arranged by New Star Press, Agatha Christie Limited. All rights reserved.
www.agathachristie.com
AGATHA CHRISTIE, TOMMY & TUPPENCE, *Agatha Christie*® and the AC Monogram Logo are registered trade marks of Agatha Christie Limited in the UK and elsewhere. All rights reserved.
Published by agreement with ACL.
Simplified Chinese edition copyright: 2023 New Star Press Co., Ltd.

图书在版编目（CIP）数据

桑苏西来客 /（英）阿加莎·克里斯蒂著；张乐敏译 . —— 北京：新星出版社，2023.6
（阿加莎·克里斯蒂侦探小说全集：精装典藏版）
ISBN 978-7-5133-4914-7

Ⅰ . ①桑… Ⅱ . ①阿… ②张… Ⅲ . ①侦探小说 – 英国 – 现代 Ⅳ . ① I561.45

中国国家版本馆 CIP 数据核字 (2023) 第 055459 号

午夜文库
谢刚 主持